夫は泥棒、妻は刑事 8

泥棒は眠れない

赤 川 次 郎

徳 間 書 店

目次

昔むかしの物語

1

「ただいま……」

と、今野《こんの》真弓《まゆみ》は、玄関に入って言った。

普通なら、ただいま、と帰って来るのは夫の方だが、今野家の場合は妻の真弓の方が、まともに帰宅することが多い。

といって、夫の淳一《じゅんいち》が帰宅しないというわけではない。いつ出て行って、いつ帰ったのか分らないことが多い、というだけなのである。

「あなた……」

真弓は呼びかけて、「留守なのかしら」

と呟《つぶや》いた。

「妻が帰ったっていうのに、家にいないなんて！」

真弓はプーッとふくれた。ふくれても可愛《かわい》いのは美人の得なところだ。

居間に入って、真弓はドサッとソファに引っくり返った。——別に怠け者なのではない。

何しろ今は午前三時。くたびれているのも当然である。

「全く——どこに行ってるのかしら……」

と、欠伸《あくび》をしながら、ブツブツ言っている。

真弓は二七歳。この美貌《びぼう》に似ず、警視庁捜査一課の刑事という、いかつい仕事なのである。夫の淳一は三四歳。やはりいい男だが、こちらは泥棒と来ている。

手錠こそかけていないが、この二人、至って仲のいい夫婦なのである。

「妻を放っといて……浮気されたって……知らないから」

と呟きながら、真弓は、いつしかウトウトしていた。

いつも大体あわてもので、おっちょこちょい、すぐカッとなって拳銃《けんじゅう》をぶっ放す、という危いくせのある真弓だが、やはり、だてに刑事稼業をやっているわけではない。

やはり、職業柄、怪しい気配を感じる能力はある。たとえ眠っていても……。

ドアが静かに開いて、何かが、居間へと入って来た。——何かしら？　半分は眠りながら、真弓は考えていた。

きっと、あの人だわ。こっそり近づいて、びっくりさせてやろうなんて。本当に人が悪いんだから！

その「何か」は、ソファの後ろをグルッと回って、横になっている真弓の方へ近付いて来た。——いいわ。気付かないふりをしてやろうっと。

真弓は目を完全に閉じていた。

ほら、立ち止った。私の方へかがみ込んで……そっとキスしようとする。

「こら！」

と、パッチリ目を開け、真弓は笑顔でにらんでやったが——。

もちろん、そこには、見慣れた淳一の顔——の代りに、猿の顔があった。

「キャーッ！」

真弓はソファから三十センチも飛び上った。

「ゴ——ゴリラ！　ゴジラ！　キング・コング！　猿飛佐助！」

「馬鹿だな」

と、声がして、その猿がヒョイと頭を外した。

中からは、淳一の顔が現われる。

「あなた！――何よ、その格好？」

「見た通りさ」

と、淳一は微笑《ほほえ》んで、「似合うかい？」

「動物園でアルバイトでもやるの？」

真弓は、ふくれっつらになって、「もう、人をおどかして！」

「それに近いかな」

と、淳一は笑って、「しかし、目が覚めただろう？」

「すっかりね」

真弓は服を脱ぎ始めた。

「何してるんだ？」

「また眠くしてもらわないと」

真弓は、淳一の毛皮に抱きついて、キスしながら、「寝不足だと、犯人を逃す心配があるのよ」

「もっと寝不足になるぜ」

「そしたら、犯人は道田《みちだ》君へ任せるわよ」

真弓は淳一を床の上に押し倒した。

「TVの怪獣もののアルバイトか何かなの？」

——一汗かいて、タオル地のガウン姿の真弓は、ソファで伸びをしながら言った。

「どうして俺が、そんなアルバイトをやるんだ？」

淳一も、さっぱりとシャワーを浴びて、戻って来た。

「じゃ、何であんなぬいぐるみの中に入ってたの？」

「仕事さ」

淳一の「仕事」とくれば、泥棒だ。真弓は、刑事という立場上、詳しくは訊《き》かないことにしていた。

「猿のバナナでも盗むの？」

「そこまで落ちぶれちゃいない。——今、M博物館に来てる、原人の骨ってのを知ってるか？」

「原人？　つまり昔の人ね」

「ま、そうだな」

「そんなに年上好みだったの、あなたって？」

「原人の骨格が、ほぼ完全な形で見付かった。こいつは、貴重なものなんだ」

「いつから考古学を始めたの？」

「昨日からさ」

淳一はウインクして見せた。

「馬鹿らしい」

と、真弓は肩をすくめた。「骨だけなんて。――私の体を見てる方が、ずっとましじゃないの」

どうも話がかみ合わない。

真弓は、そのままソファに横になって眠り込んでしまい、目が覚めると、もうすっかり陽《ひ》は高くなっていた。

顔を洗って戻って来ると、玄関の方で、

「真弓さん！」

と声がした。

聞き間違いようもない、張り切り青年の声――部下の道田刑事である。

「道田君？　ちょっと待って」

ガウン姿のまま、真弓は玄関へ出て行った。

「大分鳴らした？　ごめんなさいね。ゆうべ遅かったもんだから――」

と、ドアを開けると、目の前に大きな猿が立っていた……。

「ふざけるのもいい加減にしてよ！」

パトカーに乗って、真弓はまだカンカンになっていた。

「すみません」

道田はすっかりしょげている。

この若き生真面目《きまじめ》な刑事、人妻と承知で、真弓に惚《ほ》れているのである。

「その猿のぬいぐるみ、どうしたのよ？」

と、真弓が訊いた。

「淳一さんがくれたんです。こいつは真弓の奴《やつ》のお気に入りなんだ、って」

真弓も、笑うしかない。

「――かつがれたのよ。あの人ったら、いたずら好きだから」

「いつも若々しくていいですね。お二人とも」

「そりゃね。いい配偶者を見付ければ、若くいられるわよ」

と、真弓は澄まして言った。「――ねえ、どこへ行くの？」

パトカーはサイレンを鳴らして走って行く。

「あ、そうだ。殺しなんです」

「それを早く言ってよ！」

「すみません」

「現場は？」

「M博物館です」

「まあ」

真弓は思わず言った。「原人の骨が陳列してあるところでしょ？」

「よくご存知ですねえ」

と、道田は感動の面持ちだった。「原人って、原っぱが好きだったんでしょうね」

「分ってるじゃないの。で、殺されたのは？」

「よく分らないんですよ。ともかく、中で死体が見付かった、っていうだけで。後は現場を見るしかないんです」

「きっと犯人は原人ね」

と、真弓は言った。

「でも――骨ですよ」

「夜中になると、きっと動き出すのよ」

「まさか」

「知らないの？　あの原人の骨には、呪《のろ》いがかけられてるのよ。近付く者は、不幸に見舞われる、と……」

もちろん真弓の冗談だが、道田は本気にしている。

「大丈夫でしょうか、捜査に行っても？　帰りますか？」

「そんなこと、できっこないでしょ」

と、真弓は道田をにらんだ。「刑事は命がけの仕事なのよ」

道田はこわばった顔で言った。

「真弓さん！　もし危険が迫ったときは――僕が犠牲になります！　真弓さんは逃げて下さい」

こんなに信じやすくて、どうして刑事をやっていられるのか、真弓は首をかしげてしまった……。

M博物館の前でパトカーを降りると、真弓は、閑散とした周囲の様子に、

「ずいぶん空《す》いてるのね。――よっぽど人気がないのかしら」

「アイドル歌手でも連れてくれば、少しは人が来るかもしれませんね。握手会でもや

って……」

しかし、人がいないのも当然だった。今日は博物館が休みだったのである。

「やあ、来たな」

ギリシャ風の、円柱が立ち並ぶ入口の所に、検死官の矢島《やじま》が現われた。

「矢島さん。早いんですね」

と、真弓は、階段を身軽に駆け上った。

「もう何時だと思っとるんだ？」

いつもの人のいい笑顔を見せて、矢島は言った。「あの二枚目の亭主と、よろしくやっとったんだろう」

「そりゃ、新婚ですもの」

真弓は澄まして言った。

「もう大分たつだろう、結婚してから」

「金婚式までは新婚です」

「かなわんな、若奥様には」

と、矢島は愉快そうに言った。「誰が見たって、刑事とは思うまい」

「矢島さんだって、小学校の先生ぐらいにしか見えませんよ」

博物館へと足を踏み入れると、声が高い天井に反響して、ワーンと鳴った。

「広いですねえ」

と、道田がポカンとした顔で、天井を見上げている。「あれ――何でしょう？」

頭上の広大な空間に、ドンと横たわっているのは、巨大なクジラのはく製だった。ワイヤーで吊《つ》ってあるのだ。

「クジラですね」

と、道田は見上げながら、「さすがにクジラらしい！」

何だか分らないことを呟いてから目を戻すと、真弓たちはどんどん先へと歩いて行ってしまっていて、道田はあわてて後を追った。

「――原人のそば？」

真弓は、矢島に訊き返していた。「じゃ、被害者は――」

「女だ。誰かは知らん。それはそっちで当ってくれ」

いくつも、仕切られた部屋を通って行って、真弓はやっと〈原人の間〉に着いた。

いや、そんな名がついているわけではないのだが、ここは、特に臨時に区切ってあるようで、そう広くはない部屋に、かの原人の骨が、人間の形に組み合せて置かれていた。

そして、その前に倒れているのは……。

「あれが女？」

と、真弓は訊いた。

「そうだ。顔を見りゃ分る」

真弓は、まるで男みたいな、いかつい作業服姿の死体の方へ歩いて行った。

なるほど、顔を見ると、若い女である。――せいぜい二十歳前後というところか。

かぶっていた帽子が、少し離れた所に飛んでいる。

「死因は？」

と、真弓は訊いた。

「何だと思う？」

と、矢島が気をもたせる。

「忙しいんですよ」

と、真弓は矢島をにらんだ。

「分った分った。いつも、そんな色っぽい目で、旦那をにらんでるのか？」

「冷やかさないで下さい」

「しかし、こっちも迷ったんだよ。毒物死らしいとは思ったんだが、一体どうして毒が血管へ入ったのか分らなくてな」

「結局、分ったんですか？」

「首筋を見ろ」

真弓は、女の白い首筋を眺めた。髪の毛を少し持ち上げると、何か、小さなとげ、、のようなものが刺さっていて、その周囲の色が変っていた。

「――これが？」

真弓は、矢島を見て言った。

矢島は肯《うなず》いた。

「これ、何でしょうね？」

「吹矢だ」

「吹矢。――よく、ジャングル物の映画なんかで出て来る奴ですか？　先に猛毒を塗った――」

「そうだ。毒の成分はこれからだが、まず間違いあるまい」

「でも――こんなもので、本当に死ぬのね！」

真弓は呆《あき》れたように言った。「でも、吹矢って、それを飛ばす筒みたいなものが必要でしょ？」

「そうだ。しかも、こんな風に、作業服を着た女の首筋に命中させるってのは、なかなか容易じゃないぞ」

吹矢の名手、ねえ。――そんなの、警視庁のファイルには入ってないわ、きっと。

「この女の身許《みもと》を、まず割り出すことだわ」

真弓は、作業服のポケットを探って、財布を見付けた。小銭の他に、何やらメモが入っている。

「電話番号だわ。――道田君、この番号を調べて」

と、真弓は言ったが……。「道田君。――道田君」

「はい！」

道田は、ハッと我に返った様子だった。

「何をボンヤリしてたの？」

「いえ――この原人に見とれてたんです」

道田は腕組みをして、まじまじと原人の骨を眺め、「いや、実にいい骨ですね」

「そう？」

「きっと美女だったたと思います」

「そうかしら……」

真弓の想像力がいかに豊かでも、この骨から、美女を連想することはできなかった。

「それに、真弓さん、この原人、風流だったんですよ」

「どうして分るの？」

真弓は、ポカンとして訊いた。もしかすると、道田には隠れた推理の才能があるのかもしれない。

「笛を吹いてたんですよ、ほら」

と、道田が指さすのを見ると――原人の骨の、手に当る部分に、確かに、竹でできた笛のような管が……。

「あれ――もしかして――」

と、真弓は呟いた。

「どうやら、この吹矢を飛ばしたやつらしいな」

と、矢島が言った。

「この骨が？」

道田が目を見張った。「じゃ、やっぱり、この原人の骨には呪いが……」

「何の話だ？」

矢島は不思議そうに、青ざめた道田を眺めていた……。

2

「男のお客様ですよ」

と、事務の女の子が、含み笑いしながら言いに来た。

「あら、どなたかしら？」

教員生活十数年のベテラン、田崎史代《たさきふみよ》女史は、平静を装って訊き返した。「ちょっと、テストの採点で忙しいのよね」

「この間みえた、学習教材の販売の方ですよ」

「あら、そう。どんな人だったかしら……」

と田崎史代はメガネを直した。

「お断りしましょうか？」

「いえ——せっかく来て下さったんだから、お会いするのが礼儀でしょ」

と、田崎史代は、席から立ち上った。

「応接室にお通ししてあります」

「そう。すぐ行くわ」

しまった。

――事務の女の子は、職員室を出ると、廊下でこらえきれなくなって、吹き出して

「本当にもう！　無理しちゃって！」

――田崎史代は、やっぱり昨日、美容院へ行っておいて良かったわ、と思った。何となく予感があったのよ。そう。今日はきっと来てくれる、と……。

あまり待たせちゃいけないわ。そりゃ、「少し」待たせるのならいいけど、あまり遅れるのは、だらしがない、と思われてしまうから……。

応接室へ入って行くと、その男がパッと立ち上った。

「これは、田崎先生。お忙しいところ、お手間を取らせて、本当に申し訳ありません」

スラリとした体型、垢抜《あかぬ》けした物腰、よく響く声。――きちっと三《み》つ揃《ぞろ》いに身を包んだこの男に、はっきり言えば、田崎史代はコロッと参ってしまったのである。

「あら、どうも」

田崎史代は、メガネを直して、「――あ、そうそう。この間おみえになった方ですね。思い出しましたわ」

「これは光栄です。いや、もうてっきりお忘れかと思っておりました」

「いいえ……。それで、何のご用だったかしら？」

「先日お願いした、教材購入の件もございますが、今日うかがったのは、色々ご協力いただいている田崎先生に、ほんのお礼を、と存じまして――」

「それは困りますわ。私は教職にある身ですもの」

何をくれるのかしら、と田崎史代は思った。

「これを――」

と、その男はポケットから小さなケースを出すと、彼女の前に置いて、「受け取って下さい。私の気持です」

ケースを開けて、田崎史代は絶句した。

「こ、これは――ダイヤの指環《ゆびわ》！」

「先生！　私は一目であなたに恋してしまったんです！　私の妻になって下さい！」

――てなことは、やはり起こらなかった。あくまで、田崎女史の空想の中での出来事である。

現実には――。

「いや、大したことじゃないのです」

と、その男は内ポケットから、封筒を取り出すと、「今、M博物館で原人の骨が展示されて、評判になっているのをご存知でしょう？」

「原人……。ええ、存じていますわ」

期待していた状況に比べると、あまりロマンチックとは言えなかった。「生徒たちにも、ぜひ見に行きなさい、と言っているんですけど、なかなか、ああいう地味なものは今の子の興味をひかないようですわ」

「実は、M博物館の招待券が、まとめて手に入りまして。本来ですと、いくつかの学校に少しずつ配る、という形にするのですが、こちら様には一方《ひとかた》ならぬお世話になっておりますし、ぜひ、全校の生徒さん方にご利用いただきたいと思いまして」

「まあ、全部の生徒ですの？」

「はい。もちろん、先生方も。それに、私は当日、あちらでお世話をさせていただきたいと思っております。——それに、これは私どもの気持ですので、当日のお昼の食事は、こちらで用意させていただきます。いかがでございましょう？」

幻の恋には破れても、そこはベテラン教師である。全く学校が費用を持たずに、博物館見学ができるとなれば、誰も反対するはずがない。

「大変に結構なお話ですわ。ぜひ実現させていただきたいと存じます」

「そうですか！　いや、ありがとうございます。私としても、多少でもお役に立てるとなれば、大変嬉《うれ》しいものでございまして——」

人にプレゼントをしておいて、負担に感じさせない、というのは、なかなかできることではないのだ。その点でも、この男は極めて優秀と言えるだろう。

「では、ご都合のよい日程をお知らせ願えれば、後は私の方で総《すべ》てセットいたしますので」

と、男は立ち上った。

「まあ、そうですか。それはどうも……」

田崎史代は、口まで出かかった言葉を、また飲み込んでしまった。

「三日ほどしましたら、先生の方へお電話申し上げますので、それまでにお決め下さればありがたいのですが」

「ええ。――必ず、ご返事できるようにしておきますわ」

と、田崎史代は言った。

男は、応接室を出て行った。田崎史代は、送りに出ようかと思って――しかし、結局やめておいた。

事務室の女の子が、自分のことを見て笑っているのも承知していたし、しつこく追って行って、あの男に嫌われるのもいやだった。

三〇過ぎて独身の女教師――。田崎史代自身は、そのことに何らひけ目は感じていない。しかし、他人の目というものは……。

そして、恋をすると、急に他人の目というものが、気になって来るものなのである。

彼女は、なおしばらく応接室に座っていた。――あの人の名前は、何といったかしら?

そう。――名前も知らずに、恋しているのである。

初めにここへやって来たとき、あの男は名刺を置いて行った。ところが、後でそれを見ると、ただの白いカードだったのである。

たぶん男が間違えて置いてしまったのだろう。だから、田崎史代としては、

「失礼ですけど、お名前、何とおっしゃいましたっけ?」

と訊けばいいのだ。

ところが、それが言い出せない。で、結局、ため息と共に、「名なしの恋人」のことを思い出す、というわけなのである。

「――いいわ」

と、肩をすくめて、口に出して言ってみる。「ともかく博物館の話を決めておかなきゃ」

そうだ。博物館へ行けば、あの男にもまた会えるわけだし。

田崎史代は、教師の顔に戻って、きびきびした動きで立ち上ると、応接室を出て行った……。


「やれやれ、三つ揃いってのは、窮屈なもんだな」

学校の外に出ると、淳一は、ネクタイをゆるめた。仕事となれば苦にはならないのだが、自分の時間に戻ると急に苦しくなって来る。

いや、泥棒というのは、いわば二十四時間営業であって、仕事でない時間というものはないのだが、淳一にとっての本業は、盗みに入るそのときなのだ。そのための下準備は、いわば助走の区間。——あまり面白いことはない。

ブルル……。

車のエンジン音が、背後で聞こえた。

学校の周囲というのは、割合に人通りの少ない、静かな道が多い。ここもそうだった。片側は学校の高い塀。反対側は並木が植えてある。

淳一は、エンジン音が、ぐっと一気に高くなって、スピードが急速に上ったのを感じた。まともな加速ではない。

振り向くと同時に、体の方は行動を開始していた。赤い小型の乗用車が、淳一めがけて突っ走って来る。

淳一は、車からの距離を目測すると、同じ方向へと駆け出した。ドライバーは、当然淳一の逃げる背中を見ているはずだ。

数メートル、真直《まっす》ぐに走ってから、わずかに右側、並木の方へとコースをずらした。車もそれについて来る。

今だ！

一気に横へ飛んで、淳一は並木の間へと転がった。ドライバーは、淳一だけを見ているから、反射的にハンドルを右へ切った。

ガン、という衝撃音、そして、路上にガラスが散らばる音がした。

——淳一は立ち上ると、ホッと息をついて、背広の汚れを払った。

「安全運転を心がけてほしいもんだな」

と呟きながら、淳一は運転席を覗《のぞ》き込んだ。「——おい！」

思わず言葉が出る。

運転席でハンドルに突っ伏すようにして、気を失っているのは、女の子——それも、セーラー服を着た、どう見ても一七、八の娘だったのである。

「あなたが交通事故を目撃したの？」

と、真弓がいぶかしげに言った。

「いけないか？　俺だって、道を歩いてりゃ、事故を見ることだってあるぜ」

「そりゃ分ってるけど……」

真弓は欠伸をした。

——無理もない。夜中の十二時、やっと家へ戻って来たのである。

「疲れてるようだな」

「そうよ。——しかも、捜査の苦労が報われないってのは辛《つら》いものよ」

真弓は、着替える気にもなれない様子で、居間のソファにぐったりと身を沈めた。

「いいわね、泥棒は」

「おい、何だよ」

と、淳一は苦笑して、「いくら下準備に時間と労力を費やしても、忍び込む前日に、その家の主《あるじ》が死んで、肝心の宝石が売られちまったこともあるんだ。これで、結構楽な商売じゃないんだぜ」

「それにしても、あなたが例の原人のことを口にしたと思ったら、その原人が毒の吹矢で人を殺したのよ。妙じゃない？」

「何だって？　詳しく話してみろよ」

「聞きたい？」

真弓はニヤリとして、「じゃ、その前に、元気づけてくれる？」

と、淳一の首に腕をかけて来る。

「充分元気そうだぜ……」

「そんなことないわ。もう倒れる寸前――」

真弓は、ソファに倒れた。しかし、淳一も一緒だったから、疲れ切って倒れたというのとは、やや意味が違っているのである……。

――三十分後、真弓はガウン姿で、冷蔵庫から出して来たサンドイッチをパクつきながら、事件のあらましを話して聞かせた。

「ふーん。じゃ、原人が吹矢で人を殺した、っていうのか？」

淳一の方は、コーヒーを飲んでいる。

「まさか！　骨だけじゃ矢を吹けないでしょ。でも、道田君は、てっきり呪いで骨が動き出したと思い込んでるみたいよ」

「あんまり純情な若者を脅かすなよ」

と、淳一は笑って言った。「何か手がかりはないのか？」

「今、その毒の経路を当ってるけど、時間がかかりそうよ」

「被害者は？」

「若い女性。──これが、全然身許も分らないの」

と、真弓は首を振った。「電話番号のメモを持ってたんだけど、かけてみたら、どこだかの高校なのよね」

「高校？」

と、淳一は訊き返した。「その女、教師か何かなのか？」

「問い合せてみたわ。その学校の人にも来てもらって、顔を見せたんだけど、全然心当りがないって」

「ふむ……」

淳一は、ちょっと考え込んだ。「その女の写真はあるか？」

「今、持ってないわ、なかなかの美人よ。見たい？」

「死んだ女だぞ。美人でもどうでも関係ないだろ」

と、淳一は肩をすくめて、「ただな……」

「なあに？」

「今、俺のことを殺そうとして、そのドアの陰に立ってる女の子と、よく似てなかったか?」

真弓はキョトンとして、振り向いた。

「——気が付いたのね」

手にナイフを握りしめて、あの、セーラー服の少女が立っていた。燃えるような目で、淳一をにらんでいる。

「あなた——この子、誰なの?」

真弓が顔をこわばらせて、「私が忙しく働いてる間に、こんな若い子を連れ込んで……」

「おい、よせよ。俺は好きで殺されるって趣味はないんだ」

淳一は苦笑いしてから、その少女の方へ向いて、「今の話、聞いてたんだろ? どうなんだ。殺された女ってのは——」

「私の姉さんよ!」

少女は、叫ぶように声を上げて、「敵を討ってやる!」

とナイフを振りかざし、淳一の方へ進もうとしたが——足がもつれたと思うと、前のめりに倒れた。同時に淳一はパッと立ち上って、少女の手からナイフを取り上げていた。

「——寝てなきゃだめだ。もろに車ごと木にぶつかったんだからな」

と、淳一は少女をかかえ起こした。

「そうね。確かによく似てるわ」

と、真弓はいささかテンポのずれた感想を述べた。「あの子、どうしてここにいるの？　木にぶつかったって……スキーでもしてたの？」

「話せば長い物語さ」

淳一は少女をソファに座らせた。「さあナイフを返そう」

少女は戸惑ったように淳一を見上げた。

「でも——今取り上げたのに——」

「持ったまま倒れちゃ、自分で刺しちまうことがあるからさ。これは君のものだ。返してやるよ」

少女は、しばらくじっと淳一を見つめていた。真弓は、それが気に入らないらしく、いささかふくれっつらで眺めていた。

「——分りました」

少女は、穏やかな口調になって言った。「すみません。誤解してたようです」

「分りゃいいのさ」

淳一は、真弓を見て、「うちの奥さんは、聞いての通り刑事だ。姉さんのことを教えてやってくれないか」

「はい……。姉は桜田明子《さくらだあきこ》といいます。私は妹の邦子《くにこ》です」

「ちょっと待って！　手帳、手帳――と」

真弓が、あわてて手帳を取りに行った……。

「じゃ、お姉さんは、あの高校の卒業生？」

「はい、そうです」

桜田邦子は、真弓の質問に素直に肯いた。

「じゃ、今は――？」

「大学生です。考古学をやっていて」

「考古学か」

淳一は肯いて、「それで、あの原人の骨に興味があったのかな」

「ええ。でも、それだけじゃなかったようです」

「というと？」

「姉は、一週間くらい前に、あの博物館へ行ったんです。その日、昼間に会ったとき、

『これから、あの原人の骨を見に行くのよ』って言ってました」

「それで、本当に行ったの？」

「そうだと思います。――その次の日でした。姉が私の所へやって来て……。あ、私、一人で下宿してるんです。姉はアパートに独り暮しで」

「あなたの下宿に来たのね？」

「そうです。そして、『あの原人の骨、どうだったの？』って訊いてやると、姉が、いやに深刻な顔をして、『もう一度会いに行くわ』と答えたんです」

「会いに……。あの原人に？」

「そう聞こえました」

「それだけじゃないね」

と、淳一が言った。「君は俺を殺そうとした。それから、姉さんが殺されたことも知っている。――どんな事情だったんだい？」

邦子は、ちょっと息をついてから言った。

「あの晩、私、姉から呼び出されたんです」

「何時ごろ？」

「夜、ずいぶん遅くでした。十二時は回ってたと思います。電話があって、『今から出て来てくれ』って。——変だと思いました。姉は、よほどのことがない限り、非常識なことを言い出すような人じゃないんです」

「そんな時間にね。どこへ呼び出されたの？」

「あの博物館です」

と、邦子は言った。

3

「じゃ、あなたはここで、姉さんの戻るのを待ってたのね」

と、真弓は言った。

「はい」

と、桜田邦子が肯く。

淳一はのんびりと夜空を見上げた。

「いい夜だな」

——M博物館の裏手である。深夜、二時に近い。

邦子の話を聞いて、ここへやって来てみたのである。

鉄柵《てっさく》にもたれて、邦子はちょっと頭を振った。淳一が近寄って、

「大丈夫か?」

と訊くと、邦子は少し顔を上げ、微笑んで見せた。

「ええ。――少しめまいがしただけです」

「ねえ、この人のせいで、ひどい目にあったわね」

と、真弓が淳一をつっつく。「本当にこの人、女の敵だわ」

「おいおい、この子が本気にするじゃないか」

「そんなこと――」

と、邦子は首を振った。「私が勘違いして、ひき殺そうとしたんですもの。自分のせいですわ」

「あなた、この人を、ここで見かけたのね?」

「ええ」

邦子は、博物館の方へ目をやった。――今は、もちろん、ひっそりと静まり返って、明り一つ見えない。

「姉はここで待っていました」

と、邦子は言った。「私、『どうしたの、こんな時間に』って訊いたんです。姉は、

そのわけは説明しませんでした」

「それじゃ——」

「ただ、『調べたいことがあるの』と言いました……」

邦子は、ちょっと息をついて、「あのとき、もっと詳しく訊いておけば良かったんですわ」

「いや、君の姉さんは、わざと黙っていたのさ」

邦子が淳一を見た。

「わざと？」

「危険を承知していたからだ。だから、黙って中へ入って行った」

「ええ。『もし、私が戻って来なくても、捜しに来ちゃいけない』と、真剣な顔で言いました」

「そして、本当に戻って来なかったのね」

「一時間たち、二時間たっても、姉が戻らないので、私、よっぽど入って行こうかと思いました。だって——姉の身に何があったのか、心配で」

「入ったの？」

「いいえ」

と、邦子は首を振った。「――誰かが出て来る気配がしたんです。私てっきり姉だと思って――。まさか他の人だなんて、考えもしなくて――」

「誰だったの？」

「猿でした」

「猿？」

真弓が目を丸くした。「お尻《しり》の赤い、あの猿？」

「本物じゃありませんでしたわ」

「そうか」

淳一が肯いて、言った。「あのぬいぐるみだな。それで君は俺のことを――」

「私、びっくりして、声を上げそうになりました。すると、その猿が私の下腹を殴ったので、私、気が遠くなってしまったんですの」

「まあ！」

真弓が目をむいて、「あなた！　何てことをするのよ！　射殺するわよ！」

「よせよ、おい」

と、淳一はあわてて言った。「それは俺じゃない。俺なら、この子のことを憶《おぼ》えてるさ」

「じゃ、誰なの?」

「知るか」

と、肩をすくめて、「で、君は、気が付いてから、俺を見たんだな」

「はい。――たぶん、何分か気を失ってたんだと思いますけど、そのときは、すぐに気が付いたような気がして。起き上ると、少し離れた所で、猿のぬいぐるみを脱いでいる人が目に入ったんです」

淳一はため息をついて、

「やれやれ、こんな素人の娘に顔を見られるようじゃおしまいだな」

「引退する?」

真弓が冷やかした。

「朝になって、人が騒ぎ出し、私、警察の人が出入りするのを見て、気が気じゃありませんでした。それで、ここの博物館の職員みたいなふりをして中へ入り、姉の――死体を見たんです」

と、邦子は目を伏せる。

「どうして言わなかったの?」

「姉が死んだと知って、もうそれだけで混乱して……。飛んで帰りました。――その日は学校も休んで、下宿で呆然《ぼうぜん》としていたんですけど、そこへ手紙が来たんです」

「誰から?」

「分りません。配達されたんじゃなくて、直接、郵便受に入れてあったんです。それに、一言、『しゃべるな』と……」

「まあ。それじゃ――」

「もう一匹の方の猿からだろうな」

と、淳一は言った。

「あなた、何をしに行ったの?」

と真弓がにらむ。

「いいじゃないか。今は殺人事件の方だ」

「逃げたわね」

「君が俺のことを見たのは、あの高校で、だね?」

「はい」

と、邦子は肯いた。「あなたが、応接室から出て来るのを、偶然見てしまったんです。――一瞬、まさか、と思いましたけど、見れば見るほどそっくりで」

「そりゃ、本人だからな。で、車でひこうとしたわけか」

「すみません」

「いや、それはいいんだ。君としては当然のことさ。あの車は誰の？」

「私、あなたの後をつけて行ったんです。道に出たら、あの車があって。キーがついたままでした。私、姉から運転を教えてもらっていたので、ふっと思い付いて、あなたを……」

「キーをつけたまま、か」

淳一はちょっと考えて、「おい、真弓。その車が誰のものか、当ってみてくれ」

「いいわ。当然、連絡が行ってるでしょうけどね」

「じゃ、この辺で夜の散歩は切り上げるか」

淳一は、肩をすくめて、「夜中に博物館を見て回るってのも、なかなか面白いもんだけどな」

「そういう趣味ないの」

と、真弓は言った。「あなたに任せるわ」

「そうか。じゃ、先に戻っててくれ」

真弓が面食らって、

「どこかに出かけるの？」

「博物館まで、せっかく来たんだ。ちょっと見物して来る」

「物好きね！」

真弓は笑って、邦子を促した。「さ、ああいう変人は放っといて帰りましょ」

二人で少し歩くと、邦子が足を止めて、振り向いた。

「どうかしたの？」

「いえ……。素敵な方ですね、ご主人」

「ええ。——まあね」

「私、真弓さんが羨《うらや》ましい」

真弓も、そう言われると、さすがに照れてしまう。

「そうねえ……。ま、私たち、愛し合ってるから……」

と、何ともしまらない顔になるのだった。


淳一は、博物館の屋根に上っていた。

ここまで、ほんの十分ほど。割合に上りやすく造ってある建物なのだ。

もちろん淳一のためにそうなっているわけじゃないけれど。

淳一は、広い屋根をゆっくりと横切って、反対側へと出た。

「あの辺だったな……」

じりじりと、屋根の端へと這《は》って行く。

今夜は、本格的なスタイルをして来ていないので、慎重を要する。

やっぱりか。――明りが、張り出したテラスに洩《も》れていた。

さっき、真弓たちと帰りかけたとき、ほんの小さな光が、窓の中にチラッと動くのを目にしたのである。

こんな時間だ。まず誰も残っていないのが普通だろうから、こうして上って来る気になったのだった。

淳一は、屋根のへりから、そっと逆さに頭を出し、窓の中を覗いて見た。

「――どうするつもりです?」

と、声が聞こえる。

窓は閉っているが、上の方の小窓が開いていて、声が洩れているのだった。

「選択の余地はない。当然でしょう」

もう一つの声。

淳一は、カーテンの細い隙間《すきま》へと身をずらして、目を近づけた。

白髪の紳士が、椅子《いす》に座っているのが、正面に見える。紳士の顔は辛そうに歪《ゆが》んでいた。

「あんなものをつかまされて！　私の立場はどうなる？」

苛々《いらいら》と歩き回っている男の姿が、チラッと見えた。こちらはかなり太っていて、汗を拭《ふ》いていた。

「共同責任ということで――」

と白髪の紳士が言いかけると、太っている方が、

「とんでもない！」

と、激しく遮った。「このことは、何としても隠し通すのだ。我々の、学者としての生命が終ってしまう」

「可能ですか？」

「やらなくては。――そうだとも」

白髪の紳士が、ためらいがちに、

「ここで殺された女性がいたとか……。あれは今度のことと関係あるのですか？」

と訊いた。

「ありませんよ！」

と強い調子で否定したものの、それは少し強過ぎ、また早過ぎた。

却《かえ》って、相手を不安がらせたようだ。

「――まあ、余計な心配はしないことだ」

太った男が、軽い口調になって言った。「何とかなりますよ。――そうでしょう?」

白髪の紳士が立ち上った。

「帰ります」

「そうですか。もう時間も遅い」

「ええ」

「お気を付けて」

「ありがとう」

白髪の紳士は部屋を出て行ったらしい。

ドアの閉る音。そして、少し間を置いて、太った方の男が、どこかへ電話をしているのが聞こえて来た。

話している言葉は分らない。しかし、内容は、その話し方で察しがつく。

「こいつはいかんな」

と、淳一は呟いた。

早く下へ降りなければ……。

同じルートを逆に辿《たど》ったのでは間に合わない。——このスタイルでは危険だが、他に手はなかった。

テラスへそっと降りると、今度は、手すりを越えて、下へ。かなりの高さがある。やるしかない、か。——淳一は息を止めて、慎重に姿勢を整えた。

静かに、淳一の体が手すりから離れた……。


白髪の紳士——丸山《まるやま》校長は、車を運転しながら、ため息をついた。

「とんでもないことになってしまったもんだ……」

と独り言を言う。

いや、責任は自分にある。校長として、全責任は自分に……。

もちろん、こんなことになろうとは、思ってもいなかったのだ。何の気なしにやったことなのだが。——その言い訳は通用しない。

女が一人死んだ。

「あいつは嘘《うそ》をついてるんだ」

と、丸山は言って、ハンドルを握り直した。

話し方で分る。あの女性は、殺されたのだ。

あの原人の骨の目の前で。これは、偶然ではあり得ない。

人殺しか！　何ておそろしい……。

道は空《す》いていた。もちろん、こんな深夜である。空いていて当然だ。つい、スピードも出ていた。

考えごとをしていて、反射神経が鈍っていたのかもしれない。それに、まさか人が出て来るとは思わなかったのだ。

——突然、ライトに人影が浮んだ。

丸山は啞然《あぜん》として、ブレーキを踏んだのは、一秒後のことだった。

その人間の体が、ボンネットにはね上げられて、それからわきへ転がり落ちた。車がスリップして停《とま》る。

意外に、ぶつかったショックはなかったが、それよりも丸山は、自分が人をはねたという思いで、呆然としていた。

「そうだ。——けがは」

丸山は車を出ると、道の真中に倒れている男の方へと駆けて行った。

「おい！——大丈夫か！」

丸山がかかえ込んで声をかけると、

「大丈夫ですよ」

パッとその男が起き上ったから、丸山はびっくりした。

「君――」

「早く、こっちへ！」

と、男が丸山の手をつかんで引張った。

「何だっていうんだ？」

「危いんですよ！　早く！」

問答無用で、男は丸山を引張って行った。

突然、背後で爆発が起った。

「伏せて！」

男に突き飛ばされて、丸山は地面に伏せて、頭をかかえた。

ドーン、と腹に応えるような爆発音。

何か飛んで来たものが、丸山の周囲で砕けた。

「――けがは？」

と、男に声をかけられ、丸山はやっと体を起こした。

「――何事だ？」

と、丸山は息を弾ませて言った。

「ご覧なさい」

と、男が言った。「あなたの車ですよ」

丸山は、真赤な火の玉を見て、愕然《がくぜん》としていた……。

「私の車が――?」

「爆弾をしかけてあったようですね」

と、男は言って、丸山を助けて立たせると、「ゆっくりお話をしませんか」

「いや――もちろん」

丸山は首を振って、「君には礼を言わなくては」

「ご心配なく」

「しかし、車にはねられて、よく平気だね」

「あれは演技ですよ」

「演技?」

「よく『当り屋』というのが使う手です。かなり危険ではありますけどね」

「じゃ、わざとぶつかって来たのかね?」

信じられない思いだった。

「ぶつかる寸前に、ボンネットの上に飛び上るんですよ。ま、かなりの熟練が必要ですがね」

淳一は、いささか自慢げに言った。

「驚いた！　君はサーカスか何かにいるのかね？」

「個人企業ですよ。——さ、行きましょうか」

淳一は、丸山を促した。

4

「わあ！」

一人が声を上げると、全員がワーッと騒ぎ出す。

「静かに！」

と、田崎史代は声を張り上げた。「中ではしゃべらないでと言ったでしょう！」

騒ぐ生徒たちの声、それを叱《しか》る教師の声——。

結局、ますますにぎやかになってしまうのである。

博物館の中へ入ると、もう教師の言うことなど聞きやしない。みんな、いくつかのグループに分れて、勝手な方向へと行ってしまうのだ。

「全くもう……」

と、田崎史代は汗を拭《ぬぐ》った。

まだ少しも歩いていないのに、汗をかいてしまっている。

「先生」

と、声がして、あの男がやって来る。

もちろん淳一である。

「いかがですか」

「すみませんね。——一向に言うことを聞かなくて」

と、史代は言った。

「なに、若い子たちはみんなそうですよ」

「ええ」

「私どもも、あれぐらいの年齢のときには、色々悪いことをしたものです」

「そうですわね」

と、史代は微笑んだ。

「みんな、思い思いに中を見て回っていますよ。田崎先生も、ご自由に歩かれてはいかがですか？」

「そうですね。そうさせていただきますわ」

と、史代は言った。

「よろしければ、ご一緒に」

「ええ。——お邪魔では？」

「とんでもない！」

史代は、胸のときめきが顔に出るのを、隠し切れなかった。

二人は、他の教師たちとも話をしながら、ぶらぶらと博物館の中を歩いて行った。

高い天井に響く、声と足音。——博物館のような建物には、独特のムードがある。

「先生」

と、淳一は言った。

「何でしょう？」

「実は、ここに展示してはいないのですけれど、ぜひご覧に入れたいものがあるんですが」

「私に、ですか？」

「ええ。先生だけに、です」

「光栄ですわ」

「では、こちらへ」

淳一は、史代を、カーテンの下った奥の部屋へと案内した。

「――薄暗い部屋ですね」

と、史代は中を見回した。

「何しろ墓ですから」

「お墓?」

「棺があります」

史代は、すぐ目の前に、重々しい棺が置かれているのに初めて気付いて、ハッとしてしまった。

「まあ! こんな所に――」

「中をぜひ見ていただきたいんです」

「何か、貴重なミイラか何かですの?」

「そんなところですね」

淳一は言って、蓋《ふた》に手をかけようとしたが……。「おや?」

「どうかしまして?」

「いや——変だな」

と、首をかしげる。「蓋がずれているんです。誰かいじったのかな？」

「もしかして中のミイラがやったのかもしれませんわ」

史代のジョークは、何十年に一度という、珍しいものだった。

「いや、全くですね。じゃ、開けてみましょう」

と笑いながら、蓋に手をかけようとして——。

突然、蓋がガリガリと音をたてて、横に動いた。

「キャッ！」

史代は思わず叫んだ。

蓋が外れて、床に落ちる。中から、作業服を着た若い女が起き上った。

土気色の顔。血の気のうせた手を、史代の方へ伸して来る……。

「助けて！　やめて！」

史代は、震えながら、その場にしゃがみ込んでしまった。「桜田さん！——許してちょうだい！」

「ご心配なく」

と、淳一が言った。「同じ桜田でも、妹の邦子さんですよ」

「え?――まあ」

史代は目を見張った。

「私がメークをして、死人のように見せかけたんです」

淳一は、史代を見下ろして、「桜田明子さんは、あなたの教え子だった。そうですね?」

「ええ……」

「彼女は、あなたの下で歴史を学び、考古学に興味を持った」

「いい生徒でした……」

と、史代は呟くように言った。

「明子さんは、貴重な原人の骨を見にここへ来た。ところが、肝心の原人の骨を見て、それが高校時代に、歴史部の部室にあった、古い模型とそっくりだということに気付いた。彼女は、あなたの所へ話しに行ったんですね?」

「ええ。私はもちろん、思い過しだ、と言いました……」

「しかし、明子さんは納得しなかった。どうしても調べてやろうと思って、夜博物館へ忍び込んだ。ところが――」

「あんなことになるとは思わなかったんです」

史代は、両手で顔を覆った。

「吹矢で彼女を殺したのは？」

「それは——」

と言いかけて、史代は言葉を切った。

史代の体が、ゆっくりと前に倒れる。

「危い！」

淳一は、邦子を押し倒した。ヒュッと小さな音がして、吹矢が二人の上をかすめて飛んだ。

カーテンの隙間から覗いていた筒先が、サッと引っ込んだ。

「ここにいるんだ！」

淳一は、邦子の肩を叩《たた》くと、駆け出して行った。

「真弓！——吹矢でやられたぞ」

「ええ？　あなた！　しっかりして！」

真弓が、何とセーラー服姿で、駆けて来る。

「俺じゃない。この中だ。誰か逃げて来なかったか？」

「あっちへ行ったわ。あなたかと思ったのよ」

「ここの館長だ。偽物と知っていて原人の骨を予算で買ったことにし、懐へ入れていたんだ」

「ひどい奴ね！」

「早く救急車だ。俺は追いかける」

「道田君が、どこかにいるわ！」

「分った。——おい！」

「なあに？」

「まさか、道田の奴、セーラー服じゃあるまいな？」

「違うと思うわよ」

真弓はそう言ってウインクした。

「呑気《のんき》な奴だ」

と淳一は呟いた。

ワーッという声が上った。淳一がそっちの方へと駆けて行くと、

「猿だ！」

「キング・コングだぞ！」

という生徒たちの声。

淳一は、駆けつけて、目を丸くした。

広い博物館の中を、二匹の猿が駆け回っているのだ。

「道田か」

と、淳一は呟いた。

「待て！」

と、道田の声がする。

「おい！　頑張れ！」

「負けるな！」

生徒たちは、すっかり面白がっていた。

あっちこっちと、二匹の猿は——いや二人の猿は追いつ追われつしていたが、やがて逃げている方が、建物の入口へと駆け出して行った。

淳一は、別の方向へ駆け出した。内ポケットからナイフを取り出す。

「命中しろよ」

と言い聞かせて（?）、ナイフを投げる。

ナイフは天井へ——いや、空中に吊り下げてある巨大なクジラの尾の方へと飛んで、ワイヤーをみごとに切断した。

クジラの尾が天上から落ちて来る。

——ズシンと音がして、逃げて来た猿が足を挟まれ、腹這いになって手足をバタバタやっていた。

「やあ、捕まえた!」

道田が猿の頭を外して、息を弾ませた。

真弓が戻って来る。

「今、救急車が来るわ。——この猿は、獣医の所へ運ぶ?」

と、真弓は言った。


「——はい、ご苦労さん。ここへ捨てて下さい」

淳一は、大きな段ボールを前に、博物館の出口で、出て来る生徒たちに怒鳴っていた。

生徒たちが一人一つずつ持っていたフライドチキンの空箱が、段ボールの中へ山のように捨てられて行く。

「大変な社会科見学ね」

と、真弓が冷やかした。

「あの女性教師は?」

「命は取り止めそうよ」

「そうか。そりゃ良かった」

「もともとは、どこかのインチキな古美術商が、あの学校の骨の模型を、あの丸山って校長から買い取ったことから始まったらしいわ。——その男が、ここの博物館の館長と組んで、予算の横流しをしたってわけね」

「校長も仲間へ引き込まれて、今さら、偽物だとも言えずに困っていたんだ」

「校長は、博物館長と古い知り合いで、館長も騙《だま》されていたと思い込んでたようよ」

「そんなことだろうな。学者は世間知らずばかりさ」

「——あら」

と、真弓が振り向く。

桜田邦子がやって来ると、

「色々お世話になりました」

と、頭を下げる。

「犯人が捕まって、良かったわね」

「はい」

邦子は、ちょっとためらってから、「どうして田崎先生を怪しい、と……」

「君を殴った猿か、それともその近くに、誰か君の顔を知っている人間がいたはずさ。すぐに脅迫状をよこすなんて、そうとしか考えられないじゃないか」

「そうですね。まさかあの先生が……」

「校長について行って、巻き込まれてしまったんだろうな」

と淳一は言った。「――もうこれで全員かな」

「あの――」

と、邦子が言った。「私が壊した車、どうしたらいいんでしょうか？」

「あの車、盗難車だったわ」

と、真弓は言った。「悪い学生が乗って来て放っといたんじゃないかしら。いいわよ。私の車じゃないんだから」

ひどい刑事もあったものだ。

「おい、道田君だぜ」

と淳一が言って、手を振った。「どうした？　いやにあわててるじゃないか」

「大変です！」

道田が青くなって駆けて来た。

「何かあったの？」

「呪いですよ！　呪い！」

「何がのろいの？」

「あの原人です」

「原人って……。でも、あれは――」

「本物だったんですよ、きっと」

と、道田は真顔で言った。

「どうして？」

「いなくなっちまったんです」

「いなくなった？」

真弓が目を丸くした。

「そうなんです。あの原人の骨、影も形もないんですよ！　大変だ！」

道田が一人であわてて行ってしまうと、真弓は淳一を見て、

「何か知ってるのね？　そんな顔よ」

とにらんだ。

「あんなもんでも、偽物と知ってて、欲しがる物好きがいるものさ」

と、淳一は段ボールをかつぎ上げた。「かなり高く売れるってことだったからな」

「じゃ、やっぱり！——あんな物、どうやって盗んだの？」

「この中さ」

淳一は、段ボールをポンと叩いた。

「でも、その中はフライドチキンの——」

「あの原人を、どさくさの間にバラバラにしてな、フライドチキンの食べ終えた骨の中へ紛れ込ませる。——予《あらかじ》め、空の箱を用意しておいただけのことさ」

「呆れた！」

真弓は、笑い出してしまった。「組み立てるのが大変じゃないの」

「結構面白いかもしれないぜ」

淳一はニヤリとして、言った。「それこそミイラ取りがミイラに——いや、原人になるってところかな」

「本日の社会科見学は、これにて終了」

と、真弓は言った。「ついでにレストランの見学にでも行かない？」

「フライドチキン以外のものなら、付き合うぜ」

淳一がそう言って、邦子の方へ笑いかけると、真弓の顔から笑いが消えた。

人の恋路に水をさせ

1

「全く、もう！」

真弓は腹を立てていた。「今日という今日は愛想が尽きたわ。私、別れることにしたわ！　いいえ、何も言わないで。もう私の決心は変らないの。これは運命なのよ！」

と、拳《こぶし》を振り上げて宣言する。

今野淳一は、呆気《あっけ》に取られて、真弓を眺めていた。

居間で新聞を見ているところへ、妻が帰って来て、出しぬけに、

「別れるわ！」

と言い出したら、たいていの夫はびっくりする。

今野淳一、真弓のように、一風変った夫婦でも、その点は同様である。――いや、真弓の場合は性格的にも、多少変ったところがあるが、ここで「一風変った」というのは、そういう意味ではなく、ご存知の読者も多いだろうが、今野夫婦にあっては、夫が泥棒、妻が刑事という、あまり世間に類を見ない取り合せだからなのだ。

今は夜中の一時を少し回ったところで、真弓は仕事から戻ったばかり。淳一は目下休暇中（？）で、次の仕事のプランを練っている、というところだった。

「ともかく落ちつけよ」

と、淳一は真弓に言った。「一体何があったんだ？」

「だから――」

「何も言わないで、とお前が言ったのは聞こえたよ。しかしな、やはり亭主としちゃ、どうして別れなきゃならないのか、知る権利はあると思うぜ」

真弓はいぶかしげに、

「どうして、あなたがそんなことを知る必要があるの？」

「そんなこと？」

「そうよ、私が道田君と別れるのが、何かあなたに関係あるわけ？」

「別れるって言ったのは、道田君とのコンビのことか？」

道田刑事は真弓より二つ年下の二十五歳。真弓の部下で、かつ人妻と知りつつ、真弓への熱い想《おも》いを断ち切れずにいる。同情したくなるくらい、純情な青年なのである。

「そうよ。あなた、何だと思ったの？」

「いや……普通、『別れる』と言やあ……」

「いやだ！」

真弓は笑い出した。「私があなたと別れると思ったの？　そんなこと、あるわけないじゃない」

そこで、真弓はパッと真顔になって、

「でも――もし、そんな疑惑があなたの胸に忍び込んだとしたら――」

「ま、俺は泥棒だからな、忍び込むのは商売だが」

「でも、あなたがそう考えたってことは、少なくとも、そういうことがあり得るって思っていたってことになるわ」

「急に理屈っぽくなったな」

「ごまかさないで！」

と、真弓は、またくせが出て、バッグから拳銃《けんじゅう》を取り出すと、「もしあなたに好きな女ができたとでも言うのなら――」

「おい、カーペットや壁に穴をあけるのはやめろよ。客が見て首をかしげるぜ」

と、淳一はいさめた。

「だから何よ！　首はかしげるためにあるのよ！　どうして、かしげちゃいけないの？」

興奮すると、真弓はもう論理など無視するのである。

「いいから――」

と、淳一も、新聞を読むのは諦《あきら》めざるを得なかったのである。「お前の疑惑が、どの程度の必然性を持ってるか、検討してみようじゃないか。寝室で」

「ごまかそうたってだめよ！」

「ごまかしゃしないさ。しかし、話をするのに、何も居間でなきゃいかん、ってことはないだろ？」

「そりゃあ……そうだけど」

「だったら、寝室へ行ったっていいじゃないか」

こんな時には、淳一も真弓に合せて非論理的になるのだった。

そして――二人は約一時間、「非論理的」な時間を過したのである。真弓の拳銃が無事にバッグへ戻ったことは、言うまでもない……。

「——運動の後のコーヒーはおいしいわね」

と、真弓は居間のソファに、部屋着で寛《くつろ》いで言った。

「もう夜もふけたぜ。明日は早いんじゃないのか?」

淳一がソファの背に軽く腰をかけて、言った。

「大丈夫。道田君が起こしに来るわよ」

「しかし——お前、さっき道田君とのコンビはもう解消するとか言わなかったか?」

「そうだった?」

と、真弓はやや考え込んでから、「そうよ!」

と、突拍子もない声を上げた。

「コーヒーがこぼれるぜ」

「道田君なんか、顔も見たくないわ! 一体任務ってものを、何と考えてるのかしら。見そこなったわ。あんなにいい加減な人間だとは思わなかった!」

「そうカッカするなよ」

と、淳一は苦笑した。「どうしたっていうんだ?」

「張り込んでたのよ。私と道田君と交替で。相手は今野真弓って女」

「どこかで聞いた名だな」

「あら、それは私の名前ね。――違ったわ。大野久仁子《おおのくにこ》。よく似てるから、間違えるのも無理ないわね」

「どこが似てるんだ？」

「ともかくね、その女のマンションを張り込んでたの。――私が十一時まで。そこで道田君と交替して、私は食事に行く。戻ったところで、道田君が食事に行く。その後は朝まで道田君が張り込んで、私は帰って寝る、ってことになってたの」

「何だかお前の方がずいぶん楽してるように聞こえるな」

「当然よ。そう組んだんだもの、スケジュールを」

真弓は平然と認めた。「ともかく、私は道田君が来たので、食事に行ったの。三十分くらいですませて、マンションの前に戻ると――誰もいないじゃないの」

「道田君がいなくなってたのか」

「そう。しかも、大野久仁子のマンションも明りが消えて、車がなくなっていたの」

「じゃ、その女が出かけて、道田君はそれを尾行してったんじゃないのか？」

「女が車で出かけて、道田君は足で？――私たちの車はそのまま置いてあったのよ」

「なるほど」

「ね？　どう考えたっておかしいでしょ？　あれは道田君が、居眠りするかどうかして、大野久仁子が出かけるのを見逃したのよ。それで恥ずかしくて私に顔向けできない、っていうんで、隠れちゃったんだわ。全く無責任なんだから！」

真弓は改めて腹を立てている。――淳一は、ちょっと首をかしげて、

「まあ、お前の想像も、可能性の一つには違いないけどな、他にも考えようはあるんじゃないか？」

「あら、どんな？」

「いや、道田君とは浅からぬ付合いだ。確かに少々――というか大分抜けたところはあるが、命令には忠実だし、真面目《まじめ》な男じゃないか。特にお前が食事してる三十分くらいの間、いくら眠くたって、我慢できないはずがないだろう」

「そりゃまあ……。じゃ、どうしたっていうの？」

「その女が、殺しの証拠になるような物を持ち出そうとする。道田君はそれを見とがめて、女を呼び止める。――何といっても相手は女だ、道田君もつい油断したかもしれない。女がナイフで道田君を一突き！　死体を車のトランクへ隠し、山奥の湖へでも投げ捨てに行っている――かもしれないぜ」

聞いていた真弓が青くなった。

「——何てことかしら！　きっとそうだわ。それに違いないわ！　それなのに私は、道田君のことを疑ったりして……。何てひどいことをしたのかしら！」

「おい、今のは俺の想像で——」

「いいえ！　絶対にそれが正しいわ。可哀《かわい》そうな道田君」

と、真弓は涙ぐんで、「ねえ、お香典はいくら出せばいいかしら？」

「ともかく——」

と、淳一はため息をついた。「真相を確かめに、そのマンションへもう一度行ってみようじゃないか」

「道田君の遺品を捜しに？」

思い込みの激しい性格も、ここまで来ると、ほとんど芸術的だ、と淳一は思ったのだった……。

「すると、大野久仁子っていうのは、今マスコミで騒がれてる——」

「そう。例の『女青ひげ』よ」

と、真弓は肯《うなず》いた。「ここまで世間が騒ぎ出すと、いくら何でも放っとけない、ってね。私と道田君が内偵を進めるように言われてるわけ」

深夜の道は空《す》いていて、淳一は車を大いに飛ばしている。何といっても刑事が一緒なのだから、スピード違反も怖くない。

「確か、四人の亭主が次々に死んだんだったな」

「そうなの。一人や二人ならともかく、四人となるとね。しかも、みんな結構な額の保険金をかけてたのよ。おかげで今や大野久仁子は大金持」

と、真弓はため息をついて、「そういう手もあったのね。――あなた、保険に入ってた?」

「職業の書きようがないだろう」

「それもそうね」

「――ともかく、今やマスコミの注目の的だろ? それなら、道田君は大丈夫だ。今、下手なことをしたら、目をつけられるに決ってるからな」

「そうかしら」

真弓は何となくがっかりしたような声を出して、「――あ、そこの角を右へ曲るの。ここよ」

「なるほど、結構なマンションだな」

見るからに、「億」は下らないと思えるマンション。——どんな人種が住んでいるのか、こんな夜中にも、あちこちの窓に明りが灯《とも》っていた。

「問題の女はどの部屋なんだ?」

「あの二階の右から三番目……。明りが点《つ》いてる!」

「じゃ、帰って来たんじゃないのか」

「そうね。でも……」

と、真弓は首をかしげている。「道田君を湖に捨てて、戻って来たにしちゃ、早すぎない?」

「湖にこだわるなよ」

と、淳一は笑って、「どうだ。まだ起きてるようだし、一つ、訪問してみちゃ?」

「そうね……」

真弓は、渋々肯いた。「でも、あなた——その女に、そんなに会いたいの?」

「どんな女でも、お前の前じゃかすんで目に入らないよ」

「それもそうね」

真弓は納得した様子だった……。

——二階の廊下を歩いて行って、真弓は、一つのドアの前に立ち止った。

「ここだわ。表札は出てないけど」

「当然だろうな。誰が入って来るか分らない」

真弓たちは、もちろん下のインターロックを、警察手帳で開けさせて入って来たのである。

「音楽が聞こえるぜ」

と、淳一が耳を澄まして、「ラフマニノフだな」

「新しいロックグループ？」

「ともかくチャイムを鳴らしてみろよ」

真弓がチャイムを鳴らすと、物音がして、意外にあっさりとドアが開いた。

「どなた？」

女は、真弓と同じくらい――たぶん二十七、八歳だろう。四人もの男と次々と――少なくとも結婚したわけだが、見た目はやや思いがけないほど地味だ。

「大野久仁子さん？」

「ええ、そうですけど」

と言ってから、「ああ、真弓さんね、あなた！」

「は？」

真弓が面食らった。

「真弓さんと、そのご主人の淳一さん。そうでしょ？――どうぞ、お入りになって」

「はあ……」

呆気にとられつつ、二人が通されたのは、そう広くはないが堂々たる家具の並ぶ居間。

「ごめんなさい、狭くて。私、気に入った家具があると、すぐ買っちゃう人なの」

確かに、和ダンスだの、一面鏡だの、居間には似つかわしくない家具まで置かれている。

「何かお飲みになります？　それとも――カップラーメンでも？」

変ったものをすすめる家だ、と淳一は思った。

「いいえ、あの――私と一緒に、道田刑事がここを見張ってたんですけどね」

と、真弓は咳払《せきばら》いをして言った。「まだ若い男性で、独身の。ま、それは関係ないんですけど……」

「ええ、存じてますわ」

と、大野久仁子はクリッとした大きな目を見開いて、「お二人のことも道田君から聞いたんです。すてきなカップルだって。本当にその通りだわ」

どうにも調子が狂って、真弓はやたら咳払いをして、

「それで——道田君はどうしたんです？　どこの湖に？」

「湖？」

と、大野久仁子が不思議そうに言った。

「湖へ行ったんじゃないんですか？」

「いいえ。ずっと今夜は出ていません」

「車がないじゃありませんか！」

「ああ、車でしたら地下の駐車場に。表に放っといたのを思い出して、下へ入れたんですの」

「そ、そうですか……」

淳一が笑いをかみ殺しながら、

「いや、道田君とは、我々も親しく付合っているのでね。急に姿が見えなくなったというので心配して見に来た、というわけです」

「ま、それはごめんなさい」

と、大野久仁子は口に手を当てて、「そんなこととは知らなくて……。じゃ、お呼びしましょうか」

「呼ぶって……誰を？」

「道田君ですわ」

「ここにいるんですか？」

と、真弓は目を丸くした。

「ええ。――その奥の部屋に。でも……」

大野久仁子が呼ぶのを待ってはいなかった。真弓はパッと立ち上って、奥の部屋のドアへと大股《おおまた》に歩み寄ったのである。

「あ、でもまだ眠っているかも――」

大野久仁子が腰を浮かす。

真弓はパッとドアを開けた。

そこは寝室で――特大のダブルベッドが置かれていた。そしてそのベッドで、いとも気持ち良さそうに眠り込んでいるのは、間違いなく道田刑事だったのである。

しかも――毛布が胸の辺りまでかけてあったものの、道田は裸で寝ているらしかった。

真弓はただ唖然《あぜん》として、その光景を見つめているばかりだったのである……。

2

「これ——安いわ」

デパートを歩いていて、大野久仁子は、ふと足を止めた。

ごくありふれたセーターだが、見た目より断然安い。〈特価〉と札は付いているが、それにしても……。

買おうかしら？　でも——。

少し考えて、ふっと我に返る。

そうだわ。必要でもない物を、ただ安いからって買って帰っても仕方ないじゃないの。

「いい加減にしなきゃ」

と、久仁子は呟《つぶや》いた。

もし、本当にほしいのなら、買ってもいい。だけど、今、マンションには、そう思って買った物が山のように溢《あふ》れているのだ。

このセーターだって、安いのは確かだが、似合うかどうかと考えれば、自分には少し地味すぎる。もし買って帰っても、全く腕も通さずにしまい込んでしまうことになるだろう。

久仁子は、そのセーターから離れると、エスカレーターの方へと歩いて行った。上り？　いやだわ、下りを捜してたのに。だって、もう帰るんだもの。

でも……ちょっと覗《のぞ》いて行くくらいなら……。そうよね、ほんの十分くらい。もう何も買わないから。

で、結局――久仁子は上りのエスカレーターに乗って、家具売場へと向ったのだった。昔から、家具を見て歩くのは好きだったのである。ただ、昔はそう簡単に家具なんて買えなかった。

今は――お金もできた。だから、目についた家具があると、つい買ってしまうのである。

「あ、あのタンス、すてきだわ……」

と、まるで磁石にでも引きつけられるみたいに、フラフラと歩いて行く。

すると――タンスの向うから、いきなりＴＶカメラとマイクを持った女が現われて、久仁子はびっくりしたのだった。

いや、もちろん女一人でカメラとマイクを持っているわけじゃなくて、男が二、三人、ライトを頭上に掲げたりしていたのだが、やたら化粧が濃くて目がギョロッとした、レポーターらしい女しか、目に入らなかったのである。

「大野久仁子さんですね！」

と、その女は周囲の客がびっくりして足を止めるほどの大声で言った。

「あの――」

「ぜひお話を伺いたいんです！　全国の視聴者からも、山のような要望が寄せられているんです！」

耳をつんざくばかりの甲高い声に、久仁子は思わず耳をふさぎたくなった。

「それに、あなたには、四人のご主人を殺したんじゃないかという噂《うわさ》が立ってますね。その疑いを晴らすためにも、ぜひ、ここで一言話していただきたいんですが！」

疑いを晴らすため、だなんて、その噂を大声で騒ぎ立てているのは、その当人たちじゃないのか。久仁子は腹が立ったが、こんな連中を相手に喧嘩《けんか》しても始まらない、と思い直して、

「何もお話しすることはありません」

と言って、カメラに背を向けて歩き出す。

「待って下さい！　ねえ、ほんの十分、五分でもいいんですから！」

追っかけて来たレポーターがぐいと腕をつかむ。久仁子は、それを振り払った。

「キャーッ！」

と、オーバーな叫び声を上げて、レポーターが勝手に転んだ。「――皆さん！　大野久仁子さんは私を殴り倒したのです！」

勝手にやってろ、と呆《あき》れて久仁子は足早に歩き出した。

「あの暴力的な性格が、四人の夫を死へと追いやったのでしょうか！」

甲高い声が、まだ追いかけて来る。――馬鹿らしい！

久仁子は足を早めた。背の高い家具の間をジグザグに歩き回る。こうすれば向うも追って来られないだろう、と思ったのだ。

――足を止め、少し息を弾ませながら振り向くと……。

ギーッと音がした。久仁子のすぐわきの、重量感のある洋服ダンスがゆっくりと倒れて来る。久仁子は突っ立って、動けなかった。

――どうしたの、一体？

「危い！」

パッと人影が飛んで来たと思うと、久仁子の体は数メートル先の床の上に投げ出されていた。そして間髪を入れず、ドシン、と床を揺がす響きと共に、今まで久仁子が立っていた場所に、重い洋服ダンスが、うっすらと埃《ほこり》を舞い上げながら倒れている。

「危うく下敷になるところだ。——さあ、立って」

その男は、久仁子の手をつかんで立たせてくれた。

「あなたは……。今野淳一さんね」

久仁子は目をパチクリさせて、「どうしてこんな所に？」

「そんなことより、今の音を聞いて、またTVカメラをかかえた奴《やつ》らがやって来る」

と、淳一は言った。「どうする？」

「——逃げましょう」

「同感だ」

二人は階段へ向って一緒に駆け出したのだった。


「いかが？」

と、大野久仁子は言った。「私、ここが気に入ってるんです」

「なるほど」

淳一は肯いたが、積極的な賛意を表すまでには至らなかった。何しろどの店のケーキが旨《うま》い、と言われても、判断のしようがない。

それに店の中は女同士の客がほとんど。少々淳一には居心地が悪かったのである。

「でも……」

と、久仁子はため息をついて、紅茶のカップを置いた。「いつになったら忘れてくれるのかしら、あの人たち」

「当分、難しいだろうね」

と、淳一はコーヒーをゆっくりと飲んで、「四人の夫に次々に死なれた、っていうのは、やはり珍しい体験だ」

「でも、私がどうかした、ってわけじゃないわ」

久仁子は少し身をのり出して、「だって、警察もちゃんと偶然と認めてくれたのに。今になって、どうこう言われても」

「気持は分るよ」

と、淳一はなだめるように言った。「確か、初めの旦那は――」

「水科雄一《みずしなゆういち》。結婚した時、私は二十二歳だったわ。彼はもうすぐ四十に手が届く人で……。私が大学出たばっかりの子供だったせいか、まるで父親と一緒になるみたいだった」

「その水科雄一が死んだのは、いつ？」

「結婚して一年くらいたったころ。車の事故でね。神戸から東京まで、夜中に車を飛ばして帰って来るところだったの。——海岸沿いの道で、ガードレールを突き破り、車は崖下《がけした》に落ちて炎上。ひどいもんだったわ」

と、久仁子は軽く目を閉じた。「ショックで、その後、二年間は独りだった。二番目の夫、近藤和郎《こんどうかずお》と結婚したのは、二十五の時。近藤は三十五歳。十歳年上だった」

「年上が好みかい？」

「自分じゃ、そんな風に思ったことないんだけど、私、父と二人きりで育ったの。その父は私が二十歳の時に死んで……。やっぱり、父親の代りになる人を求めてたのかしら」

と、久仁子は、ややもの思いに沈む様子を見せて言った。

「その近藤って人は、なぜ死んだんだい？」

「火事に遭ったの。勤め先の旅行でね。古い日本旅館に泊っていて、彼、大分飲んでたものだから、火の回りが早くて、逃げられなかったのね」

「なるほど。他にも死者が出た？」

「ええ。確か……三人亡くなったんじゃなかったかしら。——この時は、結婚後、わずか三カ月。運が悪いんだわ、って自分に同情してた」

「そうだろうな」

淳一は肯いて、「その先を聞いてもいいかな?」

と言った。

すると——二人のテーブルに、ヒョイと椅子《いす》を持って来て座った男がいた。

「教えてあげようか」

と、その男は言った。「三番目は市村始《いちむらはじめ》。結婚した時は二人とも二十六歳。この時は、ハネムーン先で、亭主が崖から落ちて死んだ。四番目が大野兼造《おおのけんぞう》。結婚したのは、つい半年前。彼は、三十歳。そして、大野兼造は出張先で突然心臓の発作を起して死んだ……」

久仁子は、男の話していることなど耳に入っていない様子で、ポカンとしてその男の顔を眺めていた。

「ご親切に」

と、淳一は微笑《ほほえ》んで言った。「ところで、あんたは?」

「あなた……」

と、久仁子が呟くように、「水科……雄一……」

「何だって?　そりゃ確か、初めの旦那の名だろ?」

男は、ちょっと笑って、

「兄の顔を忘れちゃいないようだね、まだ」

と、言った。「僕は水科秀二《しゅうじ》。雄一の弟だ」

「——驚いた。よく似てるんですもの。でも——確かに、顔の感じとか、違うみたい」

「双子じゃないが、よく似た兄弟でね。しかし、僕はずっと長いこと家を出て、海外を歩き回っていたんだ。十年ぶりに戻ってみると、兄は死んでた。びっくりしてね、一体何があったのか、と調べてみたんだよ」

よく日焼けした、スポーツマンタイプの男である。淳一は興味深げにその男を見ながら、

「どうして現われたんだ、ここに？」

「色々調べてる内に、どう考えても兄の死は不自然に思えてね。兄は生れつき慎重な人間だった。車の運転も、決して無理はしなかったんだ。その兄が、特別な用もないのに、夜中にハイウェイを飛ばして、崖から落ちたなんて、とても信じられないね」

「だって、本当なんですもの」

と、久仁子は眉《まゆ》を寄せて言うと、「じゃ、あなたは何だと思ってるの？」

「何とも」

と、水科秀二は首を振って、「ただ、僕は事実を知りたいだけだ。——四人目の大野兼造は、少なくとも毒物でやられた可能性が高くなっている」

「私は何もしてないわ」

「どうかな。保険には入ってたんだろ?」

「その話ね」

と、久仁子はため息をついて、「もちろん入ってたわ。誰だって入るでしょ、保険ぐらい。結婚すれば、たいていの人は入るわ。夫が死ねば妻が、妻が死ねば夫が受け取り人っていうのは当り前じゃない?」

「そうだな。しかし——君の懐には、一体いくら入った?」

「四人目の分はまだよ。保険会社が出すわけないじゃないの」

「当然だろうな。今度、つけを払わされるのは君の方だ」

水科秀二はそう言って立ち上ると、「お邪魔したね」

と軽く会釈して行ってしまった。

「あれが世間一般の見方なのね」

と、久仁子は言った。「『女青ひげ』だなんて!　私は夫に生きててもらった方が、お金なんかもらうより、ずっといいわ」

淳一は黙ってコーヒーの残りを飲み干した。久仁子が、

「あなたも、私のことを『青ひげ』だと思う？」

と、訊《き》いた。

「それより、こっちが気になってるのは、君と道田君のことなんだ。――どう思ってるんだい？」

大野久仁子は、そう訊かれると、ぐっと胸を張って、淳一を見つめた。

「誤解を恐れずに言うけど――私、道田君を愛してるの。結婚するつもりよ」

淳一も、こうまで彼女がはっきり言うとは思わなかったのだろう。しばし言葉が出ない様子で、久仁子を見つめているのだった……。

「あの……」

と、ウエイターが、ためらいがちに声をかけた。「あちら様は、お連れの方では？」

「連れ？」

真弓はメニューから顔を上げて、「どの人のこと？」

「あちらの……入口でお立ちになっている方ですが」

真弓は、レストランの入口に、叱《しか》られた小犬みたいに、しょんぼりしながら突っ立っている道田をチラッと見て、

「知らないわ、あんな人」

と、冷たく言い放った。「放っとけばいいでしょ。私、このディナーコースをいただくわ」

「かしこまりました。——しかし、あの方はこちらとご一緒だと……」

「じゃ、何か残り物でもやっといてちょうだい」

「犬じゃないぜ」

ヒョイ、と顔を出したのは淳一である。「おい、いいから、あの男をここへ連れて来てくれ」

と、ウエイターに言って、自分も椅子を引いて座る。

「あなた、道田君と愛し合ってるわけ?」

「そういびるなよ。可哀そうじゃないか」

と、淳一は苦笑した。

道田がおずおずとやって来ると、

「あの……真弓さん」

でしょ」

真弓はそっぽを向いて、「可愛《かわい》い彼女の所へ行けば？　任務なんかどうでもいいん
「フン」

「気にするな。座れよ」

と、淳一が慰める。「な、お腹が満足すりゃ、もう少し機嫌が良くなるさ」

「はあ……。しかし、真弓さんに嫌われても仕方ありません」

道田は、椅子にドサッと腰を落とすと、「真弓さんのようなすばらしい人を知りながら、どうしてあんな女と……。アルコールのせいとはいえ、我ながら情ないです」

「なあ。人間、誰しもあやまちってことはある。ともかく君も食べろよ」

「でも……食欲が……」

と、道田はメニューを眺めると、「じゃあ……ディナーコースを、ライス大盛りで」

これなら大丈夫かな、と淳一は思った。

そして実際、道田はオードブルからしっかりとお腹《なか》に入れたのだった。

「──すると、何も憶《おぼ》えてないんだね？」

と、淳一は念を押した。「そんなに派手に飲んだのかい？」

「さあ……。そんなに飲んだ、って記憶もないんですけど、よっぽど強い酒だったたん

でしょうね」

「大体、任務中に誘われてお酒を飲むなんて、とんでもないことよ」

と、真弓は相変らず手厳しい。

「まあ、落ちつけ。――どうも、この一件、一筋縄じゃ行かないぜ」

と、淳一は言った。「四人の死んだ亭主たち。一人は車の事故。一人は旅館の火事。一人はハネムーン先での事故……。そして四人目は心臓発作」

「毒物のせいかもしれないんでしょ」

「そこだ」

と、淳一は肯いた。「もし、大野久仁子が保険金目当てに、次々に亭主を殺したとしたら、四番目だけが、やり方が違う。これは妙だぜ」

「つまり……」

「やるなら、きっと四番目も事故に見せかけただろう。犯罪者ってのは、そういうもんだ」

「詳しいのね。さすが」

と、真弓が言って、テーブルの下で淳一の足をけった。

「いたた……」

道田が顔をしかめる。

「あら、間違えた？」

「いえ……大丈夫です」

「水科って最初の亭主の弟が現われて、大野久仁子を脅してる。加えて、デパートの家具売場で、大野久仁子は危うく殺されるところだった」

「何ですって？」

淳一の話を聞いて、真弓も、「道田いじめ」の遊びから、大分真面目に戻った。

「でも誰が大野久仁子を殺すの？」

「それを調べるのが、お前らの仕事だろ」

「そうよ！──道田君」

「はい」

「早速、ぴったりと大野久仁子にくっついて、狙《ねら》おうとしている人間を捕まえるのよ」

「く、くっついて、ですか？」

と、道田が目を見開いた。

「本当にくっつかなくてもいいの。見張れってこと。──ベッドの中でなくていいのよ。入りたいのなら、止めないけど」

「しっかり彼女を見張ります」

と、道田が立ち上った。

――そこへ、メインの肉料理が運ばれて来た。が、真弓にいつもの通り命令しても
らった道田は、勇んで出かけてしまったので、料理は手つかずに残るはめになった。

「――もったいないわね。道田君の分、食べる？」

「いや、結構だ。悪いことしたな、道田君にゃ」

と、淳一は自分の肉を食べ終って言ったが……。「おい、見ろよ」

と、真顔になる。

「何？　道田君のお肉の方が大きい？」

「そんなことじゃない。肉のこの辺り……。色が変ってる」

と、道田の皿の上の肉をフォークで指した。「こいつは、持って帰って検査した方
がいいかもしれないぜ」

「まあ……。じゃ、何ともなかったら、鑑識で食べてもらう？」

と、真弓は言ったのだった……。

3

淳一は、夜遅く――いや、ほとんど明け方に帰って来た。

泥棒という仕事柄、仕方がない。「はげ山の一夜」じゃないが、夜明けの鐘と共に、泥棒も消え去らなくてはならないのである。

「――真弓は帰ってないのか」

と、居間に入って呟く。

もちろん、真弓とて忙しい身だ。徹夜、朝帰り、捜査本部の泊りも珍しくない。この二人とて、年中ベッドで「語り合って」ばかりいるわけではないのである。

留守番電話のランプが点滅していた。

「真弓かな」

淳一は、ボタンを押して、テープを再生することにした。とたんに――。

「もう、何だってのよ!」

よくテープが切れなかった（そんなことがあるわけないが）という勢いで、真弓の声が飛び出して来て、淳一は飛び上りそうになった。

「おい、びっくりさせるな！」

テープに向って文句を言っても始まらないとは思いつつ、そう言うと、

「帰ったの？　そうね、帰ったから、このテープを聞いてるんでしょうね。私の命が惜しかったら、今すぐ、大野久仁子のマンションまで来て！　分った？　分ったら何とか言いなさいよ！」

「すみません」

と、淳一はつい呟いていた。「――何だ、一体？」

仕方ない。もし行かなかったら、今度は留守番電話にではなく、淳一の耳に、直接大声を吹き込みかねない。

淳一は大欠伸《あくび》して、

「刑事が泥棒をこき使うってんだから、世も末だな……」

と、言った。

しかし、そこは愛妻家の淳一で、早速仕度をして出かけることにしたのだった。

――大野久仁子のマンションの前に着いたころは、そろそろ空も白み始めている。

大野久仁子の部屋には、まだ明りが点いていた。あそこにいるのかな？

道端に停《とま》っている車のわきを通り抜けて行こうとすると――ゴーッ、ゴーッという

音が耳に入った。何だか耳になじんだ音である。

覗き込むと、車の中で真弓がいびきをかいて眠っているのだった。

「——おい、何してんだ?」

と、肩を揺すってやると、

「え?——もうお昼ご飯?」

と、目を開けて、パチクリさせていたが、「あなた。——何してるの?」

「そりゃないだろ。あんな留守番電話で呼び出しといて」

「あ、そうか。——道田君、生きてる?」

「知らないな。どこにいるんだ?」

「あの部屋よ。大野久仁子の」

ワーオ、と大欠伸をして、「頭に来ちゃったの。何しろ課長のご命令でね。道田君を、私が護衛しなきゃいけなくなったんだから」

「それで、留守番電話に八つ当りしたのか」

「だって、あれならおとなしく聞いてるんだもん」

「ということは、あのステーキから——」

「毒が検出されたの。レストランを調べても手がかりなし。——どうやら道田君が狙われているらしい、ってことなの。でも、何で道田君なんか殺そうとするわけ？」

「さあ、やはり大野久仁子との絡みだろうぜ」

「でも、二人はまだ結婚もしていないのよ。保険にだって、入ってないし」

「しかし、大野久仁子が道田君に惚《ほ》れてるのは事実かもしれない。それなら、道田君が狙われる理由もあるかもしれないぜ」

と、淳一は言った。「ともかく、あの部屋の様子をうかがってみるか」

「明りが点いてる。――まだ起きてるのかしら？」

「どうかな」

淳一は、マンションの周囲の植込みから、いとも身軽に二階の大野久仁子の部屋のベランダへ上った。

もちろんカーテンは閉っているが、淳一にとってはガラス戸を開けるぐらい簡単な仕事だ。――ロックはあっさりと外れ、戸を細く開けると、淳一は中へ滑り込んだ。

居間は静かで、人の姿はない。

淳一は、少々でたらめに並べられた家具の類を眺めると、その一つの扉を、そっと引いてみた。鍵がかけてある。

「妙だな」

と、低く呟くと、そっと寝室のドアへと近付いて行った。

そしてドアの前に立って、中の様子に耳を澄ましていると——突然ドアが開いたのである。

淳一は、あの男——大野久仁子を脅した水科秀二と、顔を突き合せて立っていたのだった。

「やあ」

と、淳一はニヤリと笑って、「早起きだね」

水科秀二はダッと淳一のわきをすり抜けて玄関へと駆けて行く。一瞬迷ったが、淳一は寝室の中の様子を確かめるのが先だ、と中へ入って明りを点けた。

ベッドに、ネグリジェ姿の大野久仁子が横たわり、その顔の上には、大きな枕が強く押《お》し潰《つぶ》されたような格好で、かぶさっている。淳一は駆け寄った。

「どうなってるの?」

と、真弓は、ため息をついた。「疲れちゃった、私」

どっちかといえば、淳一の方がまるで眠っていなくて、疲れているはずだが、もちろんそんなことはおくびにも出さない。

「帰って寝たらどうだ？　ここは俺がついてる」

大野久仁子は、ベッドで眠っていた。すぐに淳一が人工呼吸を施し、医者も呼んで、一応回復していたのである。

ただ、当人が興奮しているので、鎮静剤を射ってもらい、眠っているのだった。

「帰るわけにはいかないわ」

と、真弓は言いながら欠伸をした。「だって……道田君がどこに行ったのか、分らないし……。それに、水科秀二のことも手配しなきゃ……」

「それはもう連絡したぜ」

「そうだった？　夢の中かと思ったわ、あれ」

「じゃ、居間で少し横になれよ。眠らなくても体は楽だ」

「そうね……。じゃ、少し横になって、目を閉じるわ。――眠らないからね。絶対に！」

「分ってるよ」

「もし眠ったりしたら、水をぶっかけてもいいから起こしてよ」

もし、本当にそんなことをしたら、射殺されるだろう。

「さ、ここに横になって、クッションを頭の下に――」

と、淳一が言っている内に、真弓は眠りこんでいた。「——幸せだな、こんなによく眠れりゃ」

淳一は寝室へ戻ると、椅子に腰をおろし、腕組みをして目を閉じる。

いい泥棒（?）は二通りの眠り方ができるのだ。深く、ぐっすりと眠って、疲れをとる「眠り」と、浅く眠って、小さな物音でも目を覚ますように用意している「眠り」と。

今、淳一は浅い眠りに入った。これでも、ほんの三十分程度で、相当楽になる。

——コトッ。かすかな音が、淳一の目を覚まさせた。

コトッ。——コトッ。

くり返しているその音は、ちょっと聞くと足音のようで、しかし一向に遠ざかりも近付きもしなかった。

淳一は、椅子に座ったまま、じっとその音に耳を澄ましていたが、やがてふっと笑みを浮かべると、そのまま再び目を閉じて、浅い眠りに入ったのだった……。

「あら……」

大野久仁子が目を覚まして、淳一に気付いた。「ずっと、そこにいてくれたの?」

淳一は、久仁子が身動きする気配で、目を覚ましていた。

「どうかね、気分は」

「ありがとう……。何だか喉《のど》の辺りが苦しいけど……。でも、もう大丈夫」

と、久仁子は寝たまま肯いて見せた。「――あの人は？」

「誰のことだい？」

「もちろん……道田君」

「それが、姿が見えないんだ」

と、淳一は首を振って、「君を襲った、水科秀二を追いかけて行ったのかもしれない」

「まあ……。でも、万一のことがあったら――」

「大丈夫。彼は刑事だよ」

と、淳一は力づけるように言って、「それより、どうして水科秀二が君を殺そうとしたんだ？」

「私が……夫を殺したと思ってるからでしょう」

「しかし、もう何年もたっている。それに、君を別の形で告発することもできそうなもんじゃないか。自分の人生を台無しにしてまで、君を殺そうとするというのは、不自然な気がするね」

「じゃあ……何だと思うの？」

「君に惚れてるんじゃないか、奴は？」

淳一の言葉に、一瞬久仁子が青ざめた。

答えたのも同じだ。——淳一は、ちょっと肯いて見せ、

「今は、ゆっくり体を休めることだ」

と、立ち上った。

「行くの？」

「心配するな。ちゃんと刑事が居間でしっかり見張ってるよ」

と、淳一は言って、寝室を出た。

居間では、実際、真弓が「何があっても起きるもんか」という勢いで、ぐっすりと眠っていたのである……。


「やっぱり」

と、真弓は肯いた。

「何がやっぱりだ？」

淳一は遅い昼食をとりながら、顔を上げた。

「寝すぎると頭が却《かえ》ってボーッとするのね」

と、頭を振って、「道田君がもてるわけないと思ったわ」

「そうとは限らないぜ。しかし、本命はたぶん、あの水科秀二だろうな」

「で、道田君とのことでやきもちをやいて、ついカッとなって？　でも、あそこまではやりすぎじゃない？」

「お前もそう思うか」

「でも私があなたの浮気の現場を見付けたら、即座に射殺するものね。それと同じか」

真弓は、恐ろしい納得の仕方をしている。

「ちゃんと代りの刑事はついてるんだろうな？」

「大丈夫よ。いくら何でもプロよ、私は。——こう見えても」

と、気がとがめるのか、そう付け加えた。

「問題は大野久仁子が本当に四人の夫を殺したのか、それとも、三人、二人の夫を殺したのか、ってことだ」

「四人でしょ」

「初めと二番目は偶然ってこともある。そうだろ？　初めの水科は車の事故。二番目の近藤は旅館の火事。——どっちの場合も、久仁子は近くにいなかった。少なくとも、そう考えられている」

「三番目はハネムーン先で崖から落ちた、か……。近くにいたわけね」

「大野の心臓発作が毒物のせいだとして、それを久仁子が仕掛けることはできた。つまり、初めの二人で保険金を手に入れ、味をしめた久仁子が、三人目、四人目も……と考えたのかもしれない。二人ぐらいなら、偶然ってことがある」

「そうか。――でも、証拠がなくちゃね。大野の毒物の件も、入手ルートを辿《たど》り切れないみたいよ」

「しかし、保険金が下りるかどうかは微妙な状況だな」

「当分は無理ね。でも、なぜ道田君をひっかけたりしたのかしら」

「結構本気なのかもしれないぜ」

「まさか」

と、真弓は笑って、「――でも、世の中には物好きな人もいるものね」

と、真顔になって付け加えた。

「ともかく、道田君が行方不明ってのが心配だな」

「その割によく食べてるわね」

と、真弓は自分のことを棚に上げて、言った。

4

久仁子は、ベッドでまどろんでいた。

完全に眠っているわけではないが、少しぼんやりとして、体はけだるく、重い。

一体何時ごろだろう？　もう夜かしら。

電話が鳴った。——あなた、電話よ。

「あなた……」

と、呟いて——気が付く。

そう。一人なんだわ、私。

寝室のドアが開いて、久仁子は、「キャッ！」と叫んで飛び上りそうになる。

「失礼。——電話を居間の方で取ったんですが」

そうか……。刑事さんだわ。そばにいてくれるのだ。

「すみません。——誰からかしら」

ベッドを出て、久仁子はガウンをはおりながら言った。

「さあ。男の声でしたが、名前は言いませんでした」

久仁子は、居間へ入って行くと、びっくりした。明りが点いていて、もう夜になっているのだ。

「――はい、大野です」

と、受話器を取って言ったが……。

「――もしもし？」

しばらく、沈黙だけが聞こえた。誰かが出てはいるのだが、何とも言わない。

「どなたですか？」

と、重ねて訊くと、

「久仁子か……」

と、少し遠い声がした。

「え？」

「久しぶりだな」

「どなた？」

「俺だ。――お前の亭主だった男だよ」

久仁子は目をみはった。

「誰なの？　いたずらしないで！」

と、叫ぶように言うと、電話を切ってしまった。

「奥さん」

「いたずらです。いやだわ、本当に」

「そりゃ失礼。今度から、名前を聞いておきましょう」

「そうですね。すみません、ご面倒をかけて」

「いやいや、仕事ですから」

中年の、呑気《のんき》そうな刑事は、首を振って言った。

「あの……シャワーを浴びて来ます。何かあったら、バスルームのドアを叩いて下さい」

「分りました」

行きかけて、久仁子は振り向くと、

「道田さん、見付かりまして？」

と、訊いた。

「いや、まだです。大丈夫ですよ。あいつは運の強い男ですから」

と、刑事は笑顔で肯いて見せた。

——久仁子は、着替えとバスタオルを手に、バスルームへ入り、ドアをロックした。

まだ頭がボーッとしている。

あんな変な電話、気にすること、ないんだわ……。

お前の亭主だ、か。――あんな声の亭主、いなかったわ。

服を脱ぐ手が、ふと止った。

あの声……。もしかすると、近藤……だろうか?

いやに遠い声だったから、よく分らないけれど、あの話し方には、何となく、あの人らしいアクセントのつけ方があったような……。

「気のせいだわ!」

と、自分を叱りつけるように言うと、久仁子は服を勢いよく脱ぎ捨て、バスタブの中に立って、カーテンを引いた。

シャワーの栓を小さくひねり、温度を調節してから、一杯に回す。

水の矢が、一斉に放たれて体を打つ。――久仁子は、目を閉じて、しばしその刺激に身を任せていた。

次第に体が目覚めて行くのが分る。この瞬間が、とても好きだった。

ふと――久仁子は目を開けて、ビニールのカーテン越しに、ドアの方を見た。

何か影が――人影が動いているような……。

まさか。ちゃんとロックしてあるというのに。

錯覚だわ。そんなはずがないんだもの。

しかし、そうじゃなかった。――何かが、いや誰かが、近付いて来る。

半透明のカーテン越しには、ぼんやりとした黒い輪郭しか分らないが、それは男のようだった。

誰だろう？――声を上げようとしても、喉がこわばって、声が出ないのだ。

刑事がいるのに。そして、ドアはちゃんとロックしたのに……。

どうして入って来られたんだろう？――それが、生きた人間ではないから？

まさか！――やめて！

久仁子は、カーテンを開ける決心がつかなかった。とても、そんな勇気はなかった。

目を閉じ、じっと身をすくめて、何かが起るのを待った……。

しかし――何も起らなかった。

長く感じているのだとしても、たぶん一、二分はたっているだろう。

目を開けた。――ビニールのカーテンの向うには、何の影も見当らない。

そっと手をのばして、思い切ってカーテンをサッと開けると――ロックしたままのドアが見えた。

久仁子は、その場にしゃがみ込んでしまった。シャワーのお湯が降り注いだが、それがまるで凍るように冷たい水みたいに感じられた……。

久仁子は、車のバックミラーを、じっと見つめていた。

何もいない。——大丈夫だわ。

車は、また走り出した。

刑事の目を盗んで外出するのは、容易じゃなかったが、何とかごまかして出て来た。いや、刑事にすすめた紅茶に、薬を入れたのである。ぐっすり寝入ったのも確かめて来た。

心配することないんだわ。——大丈夫、何もかも、あの人に任せておけば、心配ない……。

車は、郊外の小さな町へと入って行った。

もちろん、スーパーやコンビニエンスは開いていて、ドライブ途中に立ち寄る客でこんな夜中にも結構客の姿がある。

しかし、久仁子の車は、そんな場所を素通りして、町の外れにある、古い家の庭先までやって来たのだ。

車を停め、外へ出ると、ホッと息をつく。

空気は澄んで、冷たかった。都心の、埃っぽい空気とは全然違う。

久仁子は、その古い家に鍵をあけて入ると、

「あなた」

と、呼んだ。「――どこなの？」

家の中は、明りが点いていたが、静かで、空気が冷え切っていた。

「いないのかしら……」

と呟きながら、久仁子は上り込んで襖《ふすま》を開けた。

畳にカーペットを敷いた居間は、ソファを置いても、かなりの広さだった。その真中のテーブルの上に灰皿がある。

タバコが一本、煙を立ち上らせながら、置かれていた。

じゃ、いるんだわ、やっぱり。――久仁子は入って行って、タバコの火を押し潰して消した。

「危いわ、火を消さないと」

と、首を振って、「あなた――」

タバコ？――このタバコは……。

まじまじと、その押し潰されたタバコを眺める。

これは……あの人の好んでいたタバコだわ。

市村の。市村始のよく吸っていた銘柄だ。

でも、どうしてここにそんなものがあるの？

「あなた。——どこ？」

久仁子は不安になって、声を高くしたが、その声は少しかすれていた。

久仁子は、階段を上って二階の部屋の襖を開けた。

布団が敷かれている。たった今まで寝ていたように、かけ布団がめくってあり、人の寝た跡もある。

枕が——変な角度で置いてあった。斜めに立てたような格好で、こんな風じゃ、寝《ね》辛《づら》いだろうという気がするが。

「この枕の置き方……」

久仁子は、呆然《ぼうぜん》として呟いた。

大野が——大野兼造が、いつもこうして眠っていたのだ。ベッドでも、和風の枕でないと眠れず、しかもこんな風に斜めに立てるようにして……。

よく眠れるわね、と久仁子はからかったものだが……。

どうなっているんだろう？　近藤らしい声の電話、市村の吸っていたタバコ、大野のやり方の枕……。

久仁子は、身震いした。帰ろう。早くここから出て行こう。

階段の方へ出ようとして、誰かが目の前に立っていたのにぶつかる。

「キャッ！」

「――何してるんだ」

と、その男は言った。

「あなた……。どこへ行ってたの？」

と、久仁子は息をついた。

「お前が呼び出したんじゃないか」

「私が？」

「お前はどうしてここに来たんだ？」

「私はあなたに呼ばれて……」

二人は、やや沈黙した。

「早くここを出るんだ。――誰かの罠《わな》だぞ」

と、男は、久仁子を促した。

「でも——」

二人が階段を下りて行くと——。

「急げ！」

と、二人の前に、淳一が立った。

「急ぐことはないだろ」

「まあ。——今野さん」

と、久仁子は目を見開いて、「これは……どういうこと？」

「仕事でね、これも」

と、淳一は言った。「——あんたの死んだ亭主たちの兄弟や親類から、頼まれたんですよ。ぜひ真相を見付け出してくれ、と」

「真相……」

「あんたは、その男に黙ってついて来た、ということか。しかしね、市村始は、少なくともあんたが突き落としたんだろう」

「そんなこと——」

「何者なんだ、お前は」

と、男が進み出る。「一人か」

男の手に拳銃が握られていた。

「だったら？」

「殺して、どこかこの辺の山へ埋めとくさ」

「残念ながら一人じゃない」

と、淳一は言った。

「どこにいるんだ、仲間は」

「あんたのすぐ後ろ」

と、背後で真弓が言った。「銃口があんたの頭を狙ってるわよ。――銃を捨てて」

男は青ざめた。久仁子が、深々と息をついて、

「だから――もうよそう、って言ったのに」

と、呟くように言った。

拳銃が床へ落ちる。

「この人、何者なの？」

と、真弓が言った。

「水科雄一。初めに死んだはずの、久仁子の亭主さ」

と、淳一は言った。

「じゃあ、弟じゃなかったの？」

「弟は、あの事故で死んだ。風来坊で、ろくに人付合いもなかったので、あんたは、入れかわれる、と気付いたんだ。ちょうど借金で暴力団から狙われてもいたし」

「私は……やめてと言ったんだけど」

と、久仁子が言った。

「保険金が入ると、それで味をしめ、姿は隠したまま、次から次へと夫を殺して行った。——やりすぎは間違いのもとだよ」

と、淳一は首を振って、言った。「ほどほどにしときゃ、ばれずにすんだかもしれないのに」

「畜生！」

水科が、久仁子を立たせると、いきなり真弓の方へと突き飛ばした。真弓が久仁子にぶつかられて、よろける。

水科は玄関へと飛び出した。車へ駆けて行くと——淳一が目の前に立っていた。

「貴様……」

「俺はね、身が軽いのさ。出しぬけると思うなよ」

殴りかかる水科を軽くかわして、淳一の手刀が水科の喉に入った。水科がアッという間にうずくまってしまう。

「――終った？」

と、真弓が、久仁子の腕を取って出て来る。

「ああ。またドライブだな」

と、淳一は言った。「幽霊とのドライブってのも、悪くないか」

「――大野の死で疑いがかかったので、水科は、弟としてわざと俺たちの目の前に現われて、いざって時には死んだ弟が犯人と思わせようとしたんだ」

と、淳一は、大野久仁子のマンションに入りながら言った。

「でも、久仁子を殺そうとしてたわ」

「あの女も、可哀そうな奴さ」

と、淳一は居間の明りを点けた。「水科は他に女を作っていた。久仁子が邪魔になりかかっていたんだ」

「本当に殺そうとしたの？」

「ああ。見せかけるだけだ、と言い含めてな。しかし久仁子も助かったもんだから、騙《だま》されてたことに気付かなかった」

「ひどい奴ね」

と、真弓は憤慨して、「射殺してやるべきだった」

「ゆっくりいじめてやれよ」

「でも——道田君は？　どこの湖に沈んでるの？」

「湖になんか入ってないさ。どこかこの辺にいるはずだ」

「この辺？」

淳一は、ポケットからキーホルダーを取り出すと、並んでいるタンスの一つ、洋服ダンスの扉の鍵を、簡単に開けてしまった。

「たぶんここだろう」

扉が開くと、道田が手足を縛られ、猿ぐつわをかまされて、押し込められている。

「まあ！　大丈夫かしら？　ぐったりしてるわ。救急車を——」

「大丈夫だと思うぜ」

淳一は、猿ぐつわを外してやり、「おい、道田君」

と、揺さぶった。

道田は目を開けると、

「あ、今野さん……。おはようございます」

「眠ってたの？」

真弓は唖然として、「――もう少し入ってる？」

と、訊いてやった。

――大野久仁子のマンションを道田に任せて、淳一たちは車で家へ帰ることにした。

「大した度胸だわ」

と、真弓は呆れて、「縛られててグーグー寝てられるなんて！」

「そこが道田君のいいところさ」

と、ハンドルを握る淳一が笑って言った。

「久仁子が道田君に気があるように見せたのは、どうして？」

「水科がそう指示したんだろうな。久仁子を殺した犯人が必要になると思ったから」

「じゃ、道田君が殺したことにしようとしたの？」

「俺が来て、逃げ出さなきゃいけなかったんで、そううまくは行かなかったんだ。本当なら、ベッドで久仁子が殺されていて、道田君はそのそばで自殺してるって図になってたんだろう」

「むだな努力だったわね」

「どうして？」

「道田君が、そんなことするわけないじゃない」

「まあ、その点は同感だ」

「道田君のことはよく分ってるもん。——あの女とも、きっと寝てないのよ」

「そりゃそうさ。薬で眠らされただけでね。そんな前後不覚に酔って、女なんか抱けるもんじゃない」

「そう?」

真弓は淳一を見て、「やってみたこと、あるの?」

「よせよ。俺はそんなに飲まないぜ」

「じゃあ……。少し飲んでく?」

「酔っ払い運転で捕まると困る」

「だから、酔いが覚めるまで、どこかで休憩するの」

車の前方に、真新しい、洒落《しゃれ》たホテルが見えていた。

淳一は、ちょっと肩をすくめて、

「後でゆっくり寝かせてくれよ」

と、条件をつけたのだった……。

神様、お手をどうぞ

1

「あなた、幽霊って信じる?」

と、真弓が訊《き》いた。

「何だ、やぶから棒に」

夜遅く、居間のソファで寛《くつろ》いでいた夫の今野淳一は、面食らって真弓を見た。

「幽霊を信じるか、って訊いたのよ」

「そいつは聞こえたよ。しかし、どうして突然そんなことを言い出したんだ?」

「答えてくれないの?」

真弓はどうやら大真面目《おおまじめ》である。淳一はため息をついて、

「信じるも信じないもないさ。何しろまだ見たことがないからな。もし現実に目で見て、確かに本物だってことが分ったら、信じるよ」

と、言った。「これでいいかい？」

「いいわ」

と、真弓は満足げに肯《うなず》くと、夫の膝《ひざ》の上にちょこんと腰をのせた。

「何か特別なわけでもあったのかい、幽霊の出て来るような？」

「私たちに幽霊なんて出るわけないわ」

「そうかい？」

「そうよ。幽霊って、誰か恨みのある人に出て来るんでしょ」

「直接訊いたことがないから、知らないな」

「私だってそうよ。でも、そうでなきゃ、私たちみたいに、善良な人間に不公平だわ」

「確かにそうだ」

真弓は淳一の首に腕を回して、

「ねえ……。もっと善良になってみたいと思わない？」

「善良になるのと、これと、何か関係があるのかい？」

「そりゃそうよ」

二人はソファの上に倒れ込んだ。

「――どうして?」

「幸せになれば、人間は他の人にもやさしくなれるもんよ。そうでしょ?」

「まあ、そうかな」

「だから、私たち、幸せになる努力をしなくちゃいけないの」

「そうか……」

まあ、こういうことは理屈じゃないのだが、なぜか真弓の場合、普段はまるで論理的でない生活をしているくせに、このときだけは理屈をつけるという性格なのだった。もちろん淳一も慣れているので、ここは素直に幸せになる「努力」をすることにした……。

――幽霊と、警視庁捜査一課(すなわち、今野真弓の勤め先)との関連は後で述べるとして、夫の今野淳一の方は、金になるなら幽霊だって盗みたいという、プロの泥棒である。

泥棒と女刑事。――この一風変った取り合せも、却《かえ》って互いの仕事に刺激を与えるのか、至ってうまく行っていて……。

それは三十分ほどたってからの、二人の爽《さわ》やかな表情を見ればよく分るというものである。

「――やれやれ」

淳一は、バスローブを着て、居間へ戻ってきた。「おい、真弓。何か話があるんじゃないのか？」

「話が？」

と、真弓もシャワーを浴びて、バスローブ姿。

濡《ぬ》れた髪を、タオルでクルクルとターバン風に巻いている。

「あなた、私に何か話があるの？　別れたいとでも？」

「よせよ。幽霊がどうとか言ってたからさ。何かその話があるんじゃないかと思ってたんだ。何もないのなら、それでいいがね」

「話があるのよ、もちろん。決ってるじゃないの」

真弓の思考は、常に「過去の誤りを忘れる」ことからスタートしている。

「何か事件があったのか」

と、淳一はソファに寛ぐ。

「殺人事件。当然よね、捜査一課に回って来る仕事ですもの」

「すると、それと幽霊が、何か係《かかわ》ってるってわけだな」

「ご名答！　さすがは私の旦那様だわ」

「そう言われるほどのことじゃないけどな。──ともかく、話してみろよ」

「ええ」

真弓はフーッと息をついて、「シャワーって気持いいわね」

「うむ」

淳一がスッと立ち上る。

「あなた──」

真弓も刑事である。夫の動きが、滑らかに、そして緊張を含んだものになっていることにすぐ気付いた。

淳一が続けろ、と手で合図する。

「問題はね、あと継ぎだったのよ」

と、真弓が言った。「それも、お花とかお茶とかならともかく、結構大勢の信者を集めてる新興宗教なの。前の教祖が死んで、四人の子供の内、誰がそのあとを継ぐか、もう三カ月ももめてる、ってわけ」

真弓が一人でおしゃべりを続けている間に、淳一は、そっと庭へ出るガラス扉の方へと近付いていった。室内だから足音はたたないとしても、カーテンに影がうつるのを用心して、わきから回り込むようにして近付く。

庭に誰かいるのだ。――真弓は、夫がどうしてそういう「気配」を察するのか、未《いま》だによく分らないのである。

「それでね、その中の一人が命を狙《ねら》われたって訴えて来て――」

と、真弓は同じトーンでしゃべりつづけている。

淳一は手を伸して、カーテンをサッと開けた。すると――暗い庭に、居間の明りを受けて白い女の姿がスッと立っているのが目に入った。

「キャッ！」

と、真弓が飛び上った。「お化け！」

「落ちつけよ」

と、淳一が言った。「ちゃんと足もあるようだぜ」

「本当？　あなたスカートまくって見たの？」

「馬鹿」

淳一は、ガラス戸を開けた。「風が吹くと、髪が揺れてるぜ。どう見たって、お化けじゃないさ」

「そう？　証明書は持ってる？」

真弓は、恐る恐る淳一のそばへ行くと、肩越しに、庭に立っている女の方を覗《のぞ》き込《こ》んだ。そして、目を丸くすると、

「あら！」

「何だ、知り合いか。このお化けと」

「今話してた、教祖のあと継ぎの一人よ。――あなた、確か……」

「礼子《れいこ》です」

と、その女――いや、どう見てもまだ一八ぐらいの少女である――は言った。

少し病的な感じのする少女で、色白でほっそりした印象。長い髪が風になびいているので、余計にそう思うのかもしれない。しかし、整った美しい顔立ちをしている。

「どうしてここへ？」

真弓は、その礼子という娘を居間へ上げた。

驚いたことに、裸足《はだし》である。真弓は、どこか心ここにあらず、といった様子のその少女をソファへ座らせ、足を拭《ふ》いてやった。

「すみません」

と、礼子という少女は、頭を下げた。「私、家にいられなくて、出て来たんです」

「ええ……。あの家には、悪い霊が住みついています。宗教の本山としては、ふさわしくない所ですわ」

礼子は、至って真面目な口調で言った。

「悪い霊がね」

と、淳一は肯いて、「ま、俺はよく知らないが……。どうしてここが分ったんだい？」

「案内してくれましたの」

「案内？　誰が？」

「きっと道田君だわ！　あのお節介が」

と、真弓は憤然として言った。「今度会ったら、ぶっとばしてやるわ」

「いえ――」

と、礼子が言いかけたとき、玄関のドアをドンドンと叩《たた》く音がして、

「真弓さん！　道田です！」

と、近所を叩き起こしそうな大声が聞こえて来た。

「ちょうど良かったわ」

「まあ。家出？」

と、真弓が腕まくりして、大股《おおまた》に玄関の方へ出て行く。

「——可哀《かわい》そうに」

と、淳一は首を振って、「君は、あの道田君にここへ連れて来てもらったのかい?」

「いいえ」

と、礼子は戸惑った様子で、「そうじゃないんです、と言おうとしたんですけど——」

「ワッ!」

玄関から、道田刑事の声が聞こえて来たのは、そのときだった……。

「ちょっとした誤解だったのね」

と、真弓は言った。「よくあることだわ。そんなことで人を責めちゃいけないわよ。ね、道田君?」

「そ、そうですね。真弓さんのおっしゃる通りです。いてて……」

道田刑事は、真弓の部下の好青年である。少々生真面目に過ぎることと、真弓に惚《ほ》れているので、真弓の言うことなら何でも賛成してしまうのが玉にきず(?)というところか。

ともかく、今は頭の後ろにできたこぶ（真弓にぶっとばされて、引っくり返ったとき、頭をぶつけたのだ）を、濡らしたタオルで冷やしているところである。

「すみません、私のせいで」

と、礼子が言った。

「君のせいじゃないさ。ちょっとあわてんぼがいたせいだよ」

と、淳一は笑って、「道田君も、真弓に用事だったんじゃないのか？」

「——そうだ！」

道田は、飛び上って、「いてて……」

と、顔をしかめた。

「どうしたの、道田君？　二日酔い？　飲みすぎは体に毒よ」

真弓は、自分の失敗に関しては、五分もすると忘れていられるという、得な性格の持主なのである。

「あの——真弓さん、事件なんです！　殺人事件で……」

「あら、だって私たちは今、宮島《みやじま》家の事件を担当しているのよ。よそへ当ってくれと言って」

「不動産屋じゃないぜ」

と、淳一が言った。「その宮島家で、何かあったんだ、そうだろ？」

「そ、そうなんです」

「まあ！」

真弓はパッと立ち上って、「どうして早くそう言わないのよ！」

「あ、すみません」

と、謝っている道田も気の毒なものである。

「で、誰が殺されたの？　一人？　二人？」

「あの――」

「貴子《たかこ》お姉様ですね」

と、礼子が言った。「重傷を負われていますけれど、死んではおられません」

真弓と淳一は顔を見合わせた。

「――道田君、その通りかい？」

と、淳一が訊いた。

「はあ……。連絡では、宮島貴子が撃たれて大けがをしたって……」

「それはいつのことだ？」

「三十分……ぐらい前だと思います。銃声でびっくりして駆けつけた家族が発見したということで」

「三十分？――でも、あの家からここまで、三十分じゃ来られないわよ」

淳一は、じっと沈痛な面持ちで座っている宮島礼子に、

「どこでその話を聞いたんだい？」

と、言った。

礼子はゆっくりと淳一を見上げて、

「――靖夫さんが教えてくれたんです」

と、言った。

「誰だい、その靖夫《やすお》さんってのは？」

「私の――好きだった人です」

「だった？」

「はい。一年前に死んだんです。事故で」

淳一は、チラッと真弓を見た。

「あなた――どうして、その『死んだ人』が今日の事件のことを、教えてくれたの？」

と、真弓が訊く。

礼子が、ここへ来て初めて、ほんのりと頰《ほお》を染めて、微笑《ほほえ》んだ。

「靖夫さんは……私のそばに、ずっとついていてくれてるんです」

「ずっと？」

「はい。この家を教えてくれたのも、靖夫さんです」

「そんな人、招待した憶《おぼ》えはないわ」

「あなたがここへお帰りになるとき、靖夫さん、あなたの肩にのって、一緒に来たんです」

真弓はゾッとして、あわてて両方の肩を手で払った。

「すると、君はその靖夫って人――人っていうのかどうか知らないけど、その声が聞こえるのか？」

「そうです。靖夫さん、私にいつも話しかけてくれます」

「そして、君の姉さんが撃たれたことも知っていた、ってわけか」

「ええ。――私、一旦《いったん》家へ帰ります」

「その方がいいみたいね」

と、真弓は言った。「――一旦？」

「ええ。またここへ戻って来たいんですけど……」

「どうして?」

「ここは、とてもすばらしい所だって、靖夫さんも言ってます。平和で、愛に溢《あふ》れています」

「愛に溢れてるのは確かかもしれないわね」

と、真弓は言った。「でも、ここへ戻って来て、どうするつもり?」

「私、ここに本山を移すべきだと思います。靖夫さんも、それがいいって——。ねえ?——え?——そうね」

礼子は微笑んで、「あなた方もとてもいい人たちだから、僕も安心だといってます」

真弓は唖然《あぜん》として、淳一と顔を見合せた。

「——ねえ」

と、真弓は言った。

「何だ?」

「あなた、エクソシストの免許は持ってる?」

2

「——どう思う?」

と、真弓は言った。「この子が撃った、と?」

「どうかな」

淳一は肩をすくめた。「ともかく、まず現場を見ることにしようじゃないか」

道田刑事の運転する車は、サイレンを鳴らしながら、夜道を突っ走っていた。

助手席に淳一、後ろの席に、真弓と宮島礼子が座っている。礼子は、車が走り出すとスヤスヤ眠り込んでしまった。

「無邪気な顔してるわ」

と、真弓は感心したように言った。

「そうだな。ちょっと変ってるらしいが」

「でも、誰かがこの子に、事件のことを教えたのよ。もし本人がやったんでないとしたらね」

「そいつは例の『靖夫君』だって言ってたじゃないか」

「あなた信じてるの、そんな話？」

「どうかな。――ともかく、この子がそれを信じてるってことは確かだろうぜ」

淳一は、チラッと眠っている礼子の方を振り返って、「この俺たちの話も、その『靖夫君』ってのが、聞いてるのかもしれない」

「いやね。立ち聞きなんて失礼だわ」

「怒ったって仕方ないだろ、お化け相手に」

と、淳一は笑った。「それより、どんな事情なのか、着くまでに聞かせてくれないか」

「聞かせてあげるから、ダイヤのネックレス買ってくれる？」

「おい――」

「冗談よ」

真弓は、本気でこんなことぐらい言いかねないのである。手帳をめくると、

「あら、これ、去年のだったわ」

と、バッグを引っかき回し、「――あった！　努力は報われるのね、やっぱり」

淳一は何も言わなかった。代りに道田が、

「おっしゃる通りです」

と言ったのだった……。

「ええと——この宗教は、宮島初子《はつこ》って女がやり出したの。この礼子の母親ね」

「その女が初代の教祖ってわけか」

「そう。ごく当り前の主婦だったのに、ある日突然、霊感をうけた、って言い出して、結構、色んな奇跡を起して見せたんで評判になったみたいよ」

「スプーン曲げとか？」

「それは知らないけど、病気を治したりとか、人の未来を当ててみせたりしたらしいわ」

「宝くじの番号は？」

「知らないわよ」

と、真弓は顔をしかめて、「そんなことばっかり言ってると、ばちが当るわよ。——で、この初子に子供が四人いるの。男が一人で一番上、勇一《ゆういち》って名で、定職なし。もう三〇過ぎよ。娘が三人いて、一番上が今夜撃たれた貴子で二八歳。次女が道子《みちこ》で二一歳、一番下がこの礼子、一八歳ってわけ」

「ふむ。——すると、あと継ぎの問題が出て来た、ってことは、その母親が死んだ後、誰が教祖になるか、決ってなかったんだな」

「そうね。何しろ、まだ母親も五〇歳だったんだから、当分は元気だと思ってたんでしょ」

淳一は肯いて、

「自分の未来は分らなかった、ってわけだ」

と、言った。「しかし、長男がいるんだろ？　一番年上のそいつが継ぐってわけにゃいかないのか？」

「それが色々面倒くさいらしいの。死んだ母親は、常々、教祖は女でなきゃいけない、って言ってたんですって」

「なるほど」

「それに従えば長女の貴子ってことになるわけよ。でも……」

「さぞかし儲《もう》かるんだろうな。——金の集まるところ、利害の対立が起る」

「そうでしょうね、たぶん。長女の貴子を推す人たちと、次女の道子を推す人たちがいて、もめてるらしいの」

「その礼子って子は？」

真弓は、眠っている礼子の方をチラッと見て、

「この子はまだ若いし、教祖にってことはないみたいよ」

「しかし、俺たちの家に本山を移すとかって言ってたじゃないか」

「そうね……。死んだ恋人の幽霊がどうとか——。やっぱり少しおかしいだけなのかしら?」

「紙一重だろうからな、その辺は」

と、淳一は言った。

すると——眠っていた礼子が、急に荒い息をし始めた。そして、首を左右へ振って、眉《まゆ》を辛《つら》そうに寄せる。

「どうしたのかしら?——食べ過ぎて苦しいのかしらね」

「もう少し精神的な理由じゃないのか」

と、淳一が言った。「夢で、うなされてるだけだろ」

礼子の口が小さく開いて、声が洩《も》れた。

「お兄さん……。やめて……。いやよ! お兄さん……」

体を震わせると、礼子は激しく首を振り、「いや! やめて!」

と、大きな声で叫んだ。

そして——ハッと目を覚ます。見開かれた目は、まだ「悪夢」を見つめているかのようだった。

「——お兄さん」

ガタつく戸を苦労して開けると、礼子は呼びかけた。——その納戸は普段めったに使うことのない部屋で、いつも開けると埃《ほこり》くさい匂いがする。

しかし、今日はそれだけではなく、礼子のまるで知らない、奇妙な匂いが鼻をつく。

「お兄さん？」

——薄暗い納戸の中に廊下の明りが射《さ》し込《こ》むと、タバコらしい青白い煙が、ゆっくりと渦を巻いた。

「——閉めろ」

と、声がした。

奥の方の、使わなくなったタンスのかげから聞こえたらしい。

「何してるの、お兄さん？」

礼子は、何となく閉じこめられるのがいやで、戸を開けたままにして、歩いて行った。

「お兄さん……」

足を止める。兄の勇一は、床にあぐらをかいて座り、タバコのようなものを指に挟んでいた。そこから立ちのぼる煙が、礼子の顔をしかめさせた。

「何なの、それ？　いやな匂い」

「知らないのか」

と、勇一が笑う。「こいつはマリファナっていうんだ。聞いたことぐらいあるだろ」

「そんなもの――」

礼子は、兄がトロンとした目つきで、半ば眠ってでもいるように、表情にもどこかしまりがなくなっているのを見て、言葉を切った。

「どうだ。お前もやってみろよ。いい気持になれる」

勇一がそれを礼子の方へ差し出した。

礼子は思わず後ずさった。

「いらないわ。――お母様に見付かったら大変よ」

「何だよ。一五にもなって、お袋に告げ口する気か？」

「言いやしないわ」

と、表情を硬くして、「でも、お兄さんはもう一八なのよ。そんなことして！」

「俺は大人だ！　何しようと俺の勝手さ」

と、勇一は言い返すと、「――礼子。ともかくここへ来いよ。この納戸が、まるで天国みたいに見えるようになるんだぜ。結構じゃないか。お袋の念仏なんかより、よほど確かだ」

「お母様に直接そう言えば？」

「何だ、冷たいな。な、座れよ」

勇一は左手を伸すと、礼子の手をつかんで引張った。礼子は踏みこたえて、手を振り払うと、

「やめて！」

と、短く言って、納戸を出て行こうと歩き出した。

マリファナで、半ば酔っ払ったような状態の兄が、まさか後ろから自分に襲いかかって来るとは、礼子は思ってもいなかった。何が起ったのか分らないまま、床へ押し倒される。

「お兄さん――」

勇一が礼子を組み敷くと、セーターをたくし上げる。礼子は、兄が何をしようとしているのか悟って、慄然《りつぜん》とした。

「やめて！　何してるの！」

「お前だってな――もう子供じゃないんだ！　分ってるだろ」

「妹に——自分の妹をどうしようっていうの！」

「構うもんか。おとなしくしろよ！　マリファナなしでも、いい気分にさせてやるぜ」

兄の足が、膝を割って、力ずくで押し広げようとする。——礼子には、信じられない思いが残っていて、それが、抵抗する力を加減させてしまっていた。

「お兄さん——やめて。お願いよ。こんなこと……」

押し戻そうとしても、勇一の体重を押しのけられるものではなかった。

「いいんだ！　気にすんなよ。珍しいことじゃないぜ」

「こんなこと……。兄妹なのよ！」

「お前はいいんだ。お前はな」

と、勇一は言った。「静かにしてろ。痛い思いしたくなかったらな」

「お兄さん……」

恐怖とショックで、礼子はただ身をすくめようとするばかりだった。勇一が礼子の上にのしかかって——。

「辛い目にあったんだな」

と、淳一が言った。「――それが三年前か」

礼子は、黙って肯いた。

重い口から語られた、その出来事は、真弓や道田をも圧倒していた。

「でも……」

しばらくして、礼子はやっと口を開いた。「ぎりぎりのところで、救われたんです。納戸の中へ、いつの間にか、敏子《とし こ》さんが入って来ていて……」

「敏子さんってのは？」

「うちで働いているお手伝いさんです。私が産れたころからですから、もう一八年近くも働いてます。――その人が立っていて、『奥様がお呼びです、勇一様』と、静かな声で言ったんです」

「で、無事だったのね？　良かった」

真弓は、我がことのようにホッとした。「――だけど、ひどい奴《やつ》！　射殺するべきだわ！」

と、例のようにカッカしている。

「その後は大丈夫だったのかい？」

と、淳一が訊いた。

「はい。兄と二人きりにならないようにしていましたし、自分で自分の部屋のドアに鍵をつけたんです」

「危いようなことはなかったのか?」

「あれからは。——やっぱりあの時は、兄もどうかしていたんだと思います。マリファナなんかやってたからでしょう」

「だからって、許せないわ!」

と、真弓は断固たる調子で、「決闘して、コテンパンにのしてスルメにしてやる!」

礼子は、ちょっと笑った。まだ、いくらか無理をした笑いだったが、大分気持は楽になったようだ。

「——本当にいい方なんですね、今野さんたちって。靖夫さんの言ってた通りだわ」

真弓は、ちょっと咳払《せきばら》いすると、

「あの……今もここにいるの、その靖夫さんって人?」

と、訊いた。

「いいえ。どこに行ってるのか知りませんけど、今はいません」

「そう」

真弓はホッとした。

「それで」

と、淳一が言った。「初めに命を狙われたってのは、誰なんだ?」

「真弓さん、あと五分くらいです」

ハンドルを握る道田が言った。

「分ったわ。——初めはね、次女の道子。今、大学生なんだけど、大学から帰る途中、あやうく車にひき殺されそうになったの。暗くなってたんで、どんな車かは分らなかったけど、はっきり狙って走って来たそうよ」

「ふむ。すると——次女、長女、と狙われたのか。しかしどっちもしくじってる」

「幸いね。でも、貴子は重傷よ」

「ひどい話ですね」

と、道田が憤然として言った。「射殺してやりましょう!」

どうやら、真弓のくせが伝染したらしい。

「礼子君といったね」

と、淳一が後ろを向いて、「君と話のできる、靖夫君という人のことだが」

「はい」

「お姉さんたちを狙ったのが誰か、知らないのかな?」

礼子は首を振って、

「霊でも、一度にあちこちにいるってわけにはいかないんです。靖夫さんは私のことを守るためにそばにいてくれるんです。ですから、あまり遠くへは行きません」

「なるほどね」

淳一に、少しも馬鹿にする様子がないので、礼子はホッとしたようだった。

「でも、拳銃《けんじゅう》を使った、ってことは、手がかりを残してるんだから」

と、真弓は言った。「きっと犯人も見付かるわよ」

「どうかな」

淳一は、何やら考え込んで言った。「大変なのはこれからだ、って気がするぜ」

「あなた――」

「私も、そんな気がします」

と、礼子が低い声で、呟《つぶや》くように言った。「誰かが死ぬことになるような……。他の誰かか、それとも私か、が……」

車のスピードが落ちて、ふっと重苦しい緊張がとけた。

「――ここです」

と、道田が言った。「着きましたよ」

3

「くたびれた！」

真弓は帰宅して、居間へ入るなり、ドテッとソファに横になった。

「おい、二人きりじゃないんだぜ」

と、淳一は笑って言った。

「そんなことを言ったってね、疲れるときは疲れるわよ」

と、真弓はもっともな主張をした。「道田君！　冷蔵庫にレモンがあるから、私にレモネードを作って！」

「はい！」

部下ってのは辛いもんだな、と淳一は思った。

道田刑事は、慣れているのか（？）、手早く熱いレモネードを作って、運んで来た。

「ありがとう。――道田君、いい旦那さんになれるわよ」

真弓が起き上って、レモネードを飲む。「――おいしい！」

「真弓さんにそうおっしゃっていただけると……。刑事になったかいがあります」

道田の感激の仕方も少々ピントがずれている。

「しかし、広い家だったな」

と、淳一は言った。「本山を兼ねてるんだから、当り前ではあるけどな」

「廊下が何キロあった？　行って戻るだけでひと仕事」

「そりゃオーバーだろ。しかし、あそこじゃ誰かが撃たれても、人が駆けつけて来るまでに、犯人はゆっくり逃げられる」

「そうね。でも、この場合は……」

「そこなんだ」

と、淳一は肯いて、「そこが面白い。そう思わないか？」

真弓は、ちょっとふくれっつらになって、

「またわけの分んないこと言って！　私のことを馬鹿にしてんのね。いいわ。私、離婚して、道田君と再婚するから」

「真弓さん……」

道田が赤くなったり青くなったりした。「ぼ、僕は……」

「冗談に決ってるでしょ。——あれ、何の音？」

もう朝になっていた。いや、十時を回っていたから、「おはよう」から「今日は」

への変り目という辺りだったのである。

居間のカーテンはまだ引いたままだったが、充分に明るい。――カーテンの向う、庭の方から、何やら、物音が聞こえて来たのである。

「犬でも入って来たんですかね」

と、道田が立ち上ると、「追っ払ってやりましょう。ワッとおどかしてやりゃ――」

と、カーテンの方へと歩いて行き、パッと開けると――。

「ワッ！」

と、驚いて飛び上ったのは、道田の方だった。「真弓さん！――化けものが！」

「ど、どうしたの？　UFO？　エイリアン？」

真弓はバッグを開けて拳銃をつかむと、身構えた。

「落ちつけ」

と言いながら、淳一が立ち上って、「しかし……何だありゃ？」

庭に何人か作業服姿の男がウロウロしていて……。しかし、問題は庭の真中でデンと突っ立っているものだった。

「あなた……。あれ、もしかして……」

真弓がそばへやって来て、アングリと口を開ける。

「うん。——間違いなく、鳥居だな」

高さ七、八メートルもある赤い鳥居が庭の真中にそびえているのだ。いくら淳一でも呆気《あっけ》にとられたのは、当然だろう。

「いつからここ、神社になったの？」

と、真弓は言って——。「もしかして、これ……」

「あ、おはようございます」

と、居間の入口で声がした。「すみません。勝手に入って来て」

礼子が立っていたのである。

「あなた……。この鳥居はあなたが？」

と、真弓が訊く。

「申し訳ありません」

と、礼子も当惑顔で、「道子姉さんと、厚川さんにここのことを話したら、『そりゃいい』ってことになって。でも、一応ちゃんとお断りしてから、って言ったんですけど……。手配が早すぎたようです」

「あのね……。うちはあんなもの置いとくわけにいかないの！　持って帰って！」

真弓はカッカ来ている。「犬が来て、オシッコでもしてったらどうするのよ！」

「すみません。でも、ここは本当に平和な愛に満ちた場所で――」

「殺意にも満ちてるわよ！」

と、真弓は言ってやった。

「まあ、ともかく平和的に解決しようじゃないか」

淳一は、やっと我に返って、「しかしでかいもんだな。家の方へ倒れて来たら、潰《つぶ》れちまいそうだ」

「冗談じゃないわよ」

真弓も、呆《あき》れ顔で眺めて、「――お正月には、おさい銭が集まるかしら？」

と、言った……。

「まあ、座ろう。肝心の事件の方が片付きゃ、あの家も、愛と平和に満ちた場所になるかもしれないってもんだ」

「そう願っています」

と、礼子が言った。

「じゃ、この鳥居、事件が解決するまでここに置いとくの？」

「意外にすんなり解決するかもしれないぜ」

「迷宮入りになったら？」

真弓は顔をしかめて、「道田君、おさい銭を拾う役をやってね」

と、言った。

「ともかく、思い出してみよう」

と、淳一はゆったりと足を組んで、「関係者の話を合わせてみると、事件の成り行きはこんな風だった……」


「ふざけるな！」

と、喚《わめ》いたのは、宮島勇一だった。「そんな馬鹿な話ってあるか！　そうだろ、父さん？　何とか言ってくれよ！」

その怒りの演技は、いかにも見えすいていた。――もちろん、この無気力な男でも、怒ることはあるだろうが、三一歳には三一歳らしい怒り方というものがある。

「やめて兄さん」

と、冷ややかに言ったのは、長女の貴子だった。

二八歳の貴子だが、兄の勇一より、ずっと冷静で、落ちついており、風格のようなものさえ具《そな》わっている。ふっくらとした温厚な顔立ちは母譲りで、ただクールな印象の眼には現代的なものを感じさせた。

「貴子、お前がみんなを丸め込んだんだな。厚川の奴と組んで。汚ないぞ！」

と、勇一はかみつくように言った。

三一歳といっても、見たところは四〇を過ぎているかと思える。頭も額の辺りで少し禿《は》げ上っているし、目の下には、いつもたるみができていた。

「勇一さん。言いがかりですよ、それは」

と言ったのは、広間の一隅に、きちんとした背広姿で座っていた男である。

厚川晴男《あつかわはるお》、四八歳。――この一〇年近く、この宗教法人の実務的な面を一切担当してきた男で、「縁の下の力持ち」というにふさわしく、地味で堅実なタイプの男性である。

「あと継ぎは、必ず女性であること、というのは、お母様のご遺志でした。それはみんな知っています」

と、厚川はメモを取る手を休めて、「信者も当然、次の教祖は貴子さんと思っていますよ」

「これは人気投票じゃないんだぜ」

と、勇一は立ったまま、集まった家族を見回して、「そうだろう？　信者の連中がどう思ってたって、こっちで、『今度の教祖様はこの方です』とあてがってやりゃ、それで通るさ」

「無茶言わないで」

と、貴子はため息をついて、「あんなに、この宗教をいやがってたのに、突然どうしたの？」

「そんなの分ってるじゃない」

と、口を開いたのは、次女の道子。「お金になるものね。それも莫大《ばくだい》なお金。お兄さんには、喉《のど》から手が出るくらい、ほしいはずよ」

勇一がキッと道子をにらんだ。

道子は二一歳。貴子と七つ違いだが、タイプも正反対で、鋭い感じの美人である。色白で、彫りの深い顔立ちは、今黙って一人がけのソファに沈み込むように座っている父親に似ていた。

「子供は黙ってろ」

と、勇一が言うと、道子は、

「もう二一よ、私は。子供じゃないわ」

と、言い返した。「それにね、命を狙われたのは私なのよ」

「大方、お前の振った男の誰かだろ。ずいぶん派手にやっているらしいじゃないか」

「何ですって！　どういう意味よ、それは！」

道子が叫ぶように言って、立ち上る。

「落ちついて」

と、穏やかな声がした。

末の妹、礼子である。

「そうよ。こんなところを信者の人たちが見たら、がっかりね」

と、道子は言った。「ともかく、お姉さんがあとを継ぐのは当然よ」

「ありがとう」

と、貴子が肯いて、「私も、それがお母様の気持だったと思うわ」

「どうかな。——父さん、何とか言ったらどうなんだい」

勇一が、父親の方へ目を向ける。

宮島景夫《かげお》は、五五歳だが、見たところ六〇をとっくに過ぎているように見えた。髪もすっかり白くなっているし、何より体全体に生気が感じられない。

勇一に水を向けられると、宮島景夫は、少し迷惑そうな表情で、ソファに座り直した。

「私は……後継者のことについちゃ、何も考えてないよ」

と、力のない声で言った。「あれは母さんのやっていたことだ。私は何も知らない」

「父さん！　しっかりしろよ。母さんは死んだんだぜ。今は父さんが一番いばってもいいんだ。母さんのかげに隠れてなくたっていいんだよ、これからは」

勇一の言葉に、父親はちょっと笑った。

「お前は考え違いをしている。私は母さんにこき使われてたわけじゃない。確かに、母さんには不思議なことを起す力があったんだ。私にそんな力はない。教祖は貴子でいいじゃないか……。なあ、礼子」

父親の問いに、礼子は素直に肯いた。

「そう思うわ、お父様」

宮島景夫は、末の礼子を一番可愛《かわい》がっていて、何かというと礼子に相談するのだった。

「旗色が悪いわね」

と、道子が勇一をからかった。

勇一は肩をすくめて、

「みんな、本音でしゃべってやしないんだ」

と、一人一人を、眺め回した。

「どういう意味？」

と、貴子が訊く。

「誰だって、教祖になりたがってる、ってことさ。貴子だけじゃない。道子も礼子も、心の中じゃ、『私こそ資格があるわ』と思ってるんだ」

「そんな勝手な想像を——」

「想像じゃない。本当さ」

「そんなことないわ」

と言ったのは、礼子だった。「私、貴子姉さんにあとを継いでほしい」

勇一が、ニヤッと笑った。

「そうだな。——お前ならそうかもしれないな」

どこか、意味ありげな言い方だった。そこへ、

「私にも資格がございますか」

いつの間にか、佐久間《さくま》敏子が広間へ入って来ていたのである。貴子が笑い出して、

「そうね。いっそ敏子さんにでも任せたら、もめなくてすむかも」

「お茶をおいれしましょうか」

「お願いするわ」

敏子が退《さ》がって行く。——勇一は、フンと鼻を鳴らして、

「俺はもう寝るよ」

と、肩をすくめる。「面白くもねえ」

「これから起きるんじゃないの？」

と、道子が冷やかす。「彼女が待ってるんでしょ、どこかのディスコで」

勇一はいまいましげに道子をにらんで、そのまま広間から出て行った。

「ディスコの彼女って？」

と、貴子が言った。

「知らないの、姉さん？　女優——というかアイドル崩れのタレントよ。確か……深《ふか》井《い》エミっていったわ」

肯いたのは、厚川だった。

「今週の写真週刊誌に」

「のってるの？　呆れた！」

「格好のネタですよ。初子様が亡くなって、ただでさえマスコミの目がこっちへ向いてるときです。勇一さんにも少し自重していただかないと」

「厚川さん、言ってやって。私たちの言うことなんて、聞きやしないわ、兄は」

と、貴子は言った。

「困ったもんだ」

と、宮島景夫がため息をつく。「しかし、いつまでも教祖の座を空けておくわけにもいかん。貴子、お前がやるのが順当だろう」

「そうね。ただ……」

と、貴子は言いかけて、やめた。

「何か、意見があるのなら――」

「ううん。何でもないの」

貴子は首を振った。「道子、あんたはそれでいいの？」

「お姉さんが辞退するのなら、喜んで引き受けるけどさ。ま、私はまだ若いし」

「そうね」

と、貴子は笑った。

敏子がお茶を運んで来る。――厚川と、宮島景夫が先にやすんで、後は三人姉妹で、他愛のない雑談が一時間近くも続いた。

そしてみんなが自分の部屋に入ったのは――夜の十一時を回っていた。

事件が起こったのは、十二時を少し回ったころだ。

突然、銃声が屋敷の中に轟《とどろ》き渡った。

長い廊下を、その銃声はこだまのように巡ったのだった。

みんな、まだ起きていたので、びっくりして廊下へ飛び出して来た。

宮島景夫、道子、厚川、そして宮島勇一も——。

「何だ、今のは？」

と、互いに顔を見合わせていると、

「今の音は……」

と、二階から階段を下りて来たのは、佐久間敏子だった。

「うん、よく分らん」

と、景夫が言った。「どこで聞こえたんだ？」

「説教堂じゃないの？」

と言ったのは道子だった。「あんな凄《すご》い音がしたのは、たぶん、あそこで響いたからよ」

「なるほど」

厚川が肯いて、「私が行ってみます」

「一緒に行きましょうよ」

と、道子は歩き出して、「——礼子は？　それにお姉さんも……」

と、不思議そうに振り返る。

勇一は、何だかいやに仏頂面をして、ついて来る。

廊下の奥に、三百人ほどの信者が入れる、ホールがある。ここでは、地方支部などの代表を集めての会合とか、説教が行われる。

扉を左右へ開いて、みんなが中へ入ると、誰もいない、ガランとした説教堂は、少し冷え冷えとして見えた……。

「明りが点《つ》いてる」

と、厚川が言った。「敏子さん？」

「明りは消してありました」

と、敏子が断言した。「誰かが、後で点けたんです」

「見て！」

と、道子が青ざめた。「誰かが倒れてるわ」

少し高くなった説教壇の上に、人が倒れているのが、目に入った。

「貴子さん！」

すぐに気付いて、みんなが一斉に駆け寄った。ドタドタという足音が、天井の高いこのホールにはよく響くのである。

「拳銃が――」

と、厚川が一瞬愕然《がくぜん》として、「それより、救急車を呼びます」

「お願いね。――お姉さん、しっかり」

と、かがみ込んで、声をかけると、貴子はかすかに瞼《まぶた》を震わせた。

「血を止めなきゃ」

道子は落ちついたもので、「お父様、ここをお願い。私、包帯とかとって来るからね」

「分った」

「でも――礼子、どこへ行っちゃったんだろう?」

道子は説教堂から勢いよく駆け出して行った……。

4

「さっぱり分んないわ」

と、真弓は言って、欠伸《あくび》をした。「ゆうべ一晩考えたんだけど……。あなたは?」

「俺は眠ってた」

と、淳一はトーストにバターをつけながら言った。「お前、ゆうべ眠らなかったのか？」

「眠ったわよ」

「しかし、今、一晩中考えてたと——」

「あなた、起きてないと考えられないの？」

淳一は答えずにすんだ。ダイニングキッチンに、礼子が入って来たからだ。

「おはようございます」

どう見ても、今起きたという感じではない。

何とも古風なワンピースを、きちっと着こんでいる。

「どこかへお出かけ？」

「姉の見舞に行って来ました」

「行って来た、って……。もう？　じゃ、帰って来たの！」

「はい」

「あなた、いつ起きるの？」

「大体夜明けと共に起きます」

「凄い」

と、真弓は目を丸くした。「とても真似《まね》できないわ」

「そんな。――分ってるわよ！」

「え？」

「あ、いえ……。靖夫さんが、『ちゃんと正直に話せよ』って言ってるんです」

と、礼子は笑って、「朝、靖夫さんが起こしてくれるんです。でなきゃ、とても。私、凄い朝寝坊だったんですもの」

「じゃ、モーニングコールもやってくれるの？　便利ねえ。出張に行くとき、借りてきたいわ。――冗談よ！　こっちに来ないでよね！」

「大丈夫です」

と、礼子はふき出した。「コーヒー、いただいてもいいですか？」

「どうぞ」

「考えてたんだが」

と、淳一が言った。「君の上の姉さんが撃たれたとき、説教堂には当然犯人がいたはずだ」

「お化けでなきゃね」

と、真弓は言った。

「銃声がして、みんなが廊下へ出て来た。やたら大きな音だったんで、誰しもびっくりして、すぐに廊下へ出たと言ってる。そしてお互いに顔を見合せた。――宮島景夫、勇一、そして道子、厚川」

「私以外のみんな、ですね」

「それと、佐久間敏子は二階から駆け下りて来たのよ」

「そう。――景夫、勇一、道子、厚川、佐久間敏子の五人、みんながそう時間も違わずに姿を見せている」

淳一は、ゆっくりと言った。「説教堂で貴子さんを撃った人間が、自分の部屋へ一旦駆け戻って、それから銃声にびっくりしたふりをして姿を見せるのは可能か。――どうだ？」

「むずかしいんじゃない？」

「うむ。――犯人としては、危い賭《か》けだ。突発的に殺したにしては、いつも拳銃なんか持ってる者はいないだろうし、しかも、ちゃんと足のつかない銃を手に入れ、指紋も残していない」

「つまり、計画的犯行ってことね」

「そうだとすると、なぜそんな危い橋をわたったのか、不思議だ。そうだろ？　撃ったとき、たまたま誰かが廊下へ出てることだってありうるんだからな」

「そうね」

と、真弓が肯く。「確かに妙だわ」

「でも……あの……」

と、礼子は言った。「犯人が中の誰かだとは限らないんじゃゃ……」

「説教堂のドアは廊下にしかつながってないわ」

「それはそうですけど、窓があります。一つだけですけど」

「そう。――窓は開いてたの。だから、犯人がそこから逃げたのかな、と一旦は思ったのよ」

「といいますと」

「あの日、夕方に雨が降って、窓の外の地面は柔らかくなってたわ。でも、何の足跡もないの。何メートルも先までね。どんなに犯人が頑張って飛んでも、足跡をつけないのは不可能なのよ」

「じゃ……なぜ窓が開いてたんでしょう？」

「たぶん、そこから逃げたと思わせたかったんだろうな。しかし、下の地面が柔らかくなっていたことを、忘れていた」

礼子は、少し考えて、

「外から撃ったんじゃないでしょうか？　ずっと離れた所から。何かの理由で窓が開いてて、そこを通して、貴子姉さんを――。そして銃を投げ込んだとか……」

淳一はニヤリと笑って、

「君はなかなか頭がいい。ミステリーファンかね？」

「いえ、あの……」

と、照れる礼子を、真弓は面白くなさそうに、ジロッとにらんだ。

夫を見る目は、「どうせ私は馬鹿ですよ」と言っていた……。

「しかし、残念ながら、その手もだめだ。拳銃が、そんな遠くから投げ込まれたら、床に何か跡がつくはずだが、木の床はきれいなものだった」

「そうですか……」

「つまり窓は開いていたが、犯人がそこから撃ったり逃げたりはできなかった。――すると、廊下の方へ逃げたとしか考えられないわけだが」

「貴子さんが自分で撃ったとは考えられない？」

「そんな！」

「落ちついて。可能性を言ってるだけよ」

と、真弓は言った。

「おい、忘れたのか。彼女は背中を撃たれてる」

「あ、そうか」

「自分で背中を撃つのも不可能じゃないが、その場合、押し当てて撃つことになるから、傷の周りがこげているはずだ」

「それはなかったわ」

「つまり、犯人は誰にせよ、ちゃんと存在してるってわけさ」

礼子が少しして言った。

「私が……疑われてるんですか？」

「どうしてあなたが？」

「その場にいなかったのは、私だけですもの……」

「だからって、あなたにできるわけないわ。事件があった後で、あなたが家を出てここへ来てたら、とてもあんな時間に来られなかったでしょ」

「ええ……」

礼子は考え込んでしまった。「それじゃ、一体誰が……」

「それは、この名刑事さんが調べてくれるさ」

と、淳一は立ち上った。

「あなた、どこへ行くの？」

「仕事さ。このところ、少しさぼり気味だったからな」

「結構ね。私がせっせと命がけで殺人犯を追いかけてるのに、あなたは——」

と、言いかけて、「ま、気を付けてね」

「ありがとう。じゃ、行って来る」

淳一はダイニングキッチンを出ようとして、「鳥居にお詣《まい》りして行くかな」

と、言った……。

「——すてきな方ですね、今野さんって」

と、礼子が言った。「何のお仕事してらっしゃるんですか？」

礼子は、真弓の目に危険な光がキラッと走ったのに気付かなかった。

「主人の仕事？　あのね——」

と、声をひそめて、「殺し屋なの、ギャングの」

「まあ」

と、礼子は笑った。「殺し屋と刑事のご夫婦なんて、本当だったら、面白いですね」

そう大違いってわけでもないのよね、と真弓は思ったのだった……。

「おい、またか」

と、うんざり顔のディレクターは丸めた台本で、手近なセットをひっぱたいた。

「一体どこへ行ったんだ、エミの奴！　絞め殺してやる！」

天井の高いスタジオは、何となく冷え冷えとしている。カッカと熱くなっているのは、そのディレクター一人だったろう。

周りのスタッフも、何となくシラッとしている。ディレクターが、

「早く捜して来い！」

と、怒鳴り散らした。「——畜生！　エミが見付かるまで、中止！」

ホッとした空気が流れる。みんな、思い思いに手近なセットの椅子《いす》に座ったりしている。

「凄い剣幕ですね」

と、淳一は言った。

さっきから見学者を装って、スタジオの隅に立っていたのである。

「なに、いつものこった」

と、首にタオルを巻いた初老のおっさんがタバコに火を点けて、「あれで苛々《いらいら》を解消するのさ」

「なるほど。――誰かがいないんですか」

「深井エミだよ。あの子がいないと、このシーンはとれない」

「どこにいるんでしょうね」

「大方、どこかの男のとこだろ。ＴＶのチャンネルをかえるより簡単に男をかえる奴だからな」

淡々とした言い方が却っておかしい。

「そういえば……深井エミって、最近、写真週刊誌に出てませんでしたか?」

「ああ、見たよ。どこかの宗教団体の跡とり息子とか。エミが信仰するんじゃや、〈プレイボーイ教〉とでもいうんだろうな」

なかなか愉快なおっさんである。「――あんた、どこかの雑誌の人かね」

「ええ。新しい雑誌でしてね。何かパーッと派手な記事はないかと思って、やって来たんですが……。ま、そう特ダネが転がってるわけもないですしね」

「そんなこともないだろうぜ」

と、そのおっさんは、何となく意味ありげな口調で言った。

「何か心当りでも？」

「まあな」

と、人さし指を立てて淳一を近くへひき寄せ、声をひそめて、「この階の奥の控室へ行ってみな。面白いぜ」

「そりゃどうも。――悪いね、教えてもらって」

「なに、こっちも退屈してるからね」

淳一は、スタジオを出ると、廊下に出ている〈案内図〉のパネルで「控室」を捜した。

夜だか昼だかよく分らない人間たちが行き来する廊下を辿《たど》って行くと――。

「――これか」

〈控室・使用中〉という札が出ている。

淳一は、中の様子にちょっと耳を澄ますと、苦笑して、ドアを叩いた。中の「気配」がパッと静かになる。

もう一度ドアを叩くと、

「誰？」

と、女の声がした。「仕事中よ」

「ディレクターが捜してますよ、深井エミさん。もうすぐここへ――」

「大変！」

と、甲高い声がした。「――ね、このホック、とめて。――早くして！　何よ、グズグズしないで！」

ものの一分としない内にドアが開いて、顔を出したのは、深井エミだった。

「あの――あなたは？」

「見学者です」

と、淳一は言った。「早く行かないと、ディレクターが……」

「分ってるわよ！　つい――うっかりしちゃってたの！」

と、深井エミは頭の天辺《てっぺん》から声を出して、「この控室の時計が狂ってたのよ。ね、そうなのよ」

「どうして、こんな所にいたか、って訊《き》かれるでしょうな」

淳一は、中でせっせと服を着ている若い男へチラッと目をやって言った。

「そうね……。困ったな。今度遅刻したらおろすって言われてんの」

深井エミは二四歳。――ま、実際はもう二つ三つ上だろう。今ひとつパッとした人気のないタレントで、おろされても代りがないわけじゃない。

「ねえ、あなた、助けてよ」

と、エミは淳一の腕を取った。

「僕が？」

「そう。――ね、お願い！　何か理由をでっち上げて。お願いよ！　恩に着るから！」

両手を合せて淳一を拝んでいる。

これも、宮島勇一の影響かな、と淳一は思った……。

さて――数分後、スタジオでは、

「あいつ！　もうクビだ！　二度とこの局に出られないようにしてやる！」

と、ディレクターが頭から湯気を立てていた。

「どうする？」

と、番組のプロデューサーが、気苦労で禿《は》げた頭をなで上げながら、言った。

「どうもこうも……。エミの出番を全部削ってやる」

「それじゃストーリーが――」

「構うもんか！　突然事故で死んだことにしろ。そんなことだってある」

ドラマツルギーも何もあったもんじゃないのである。

するとそこへ、

「待って下さい」

と、入って来たのは——。「エミさんは今来ます」

「何だ君は？」

と、ディレクターは、松葉杖《まつばづえ》をついて現われたその男（もちろん淳一である）を見て、眉をひそめた。

「足の不自由な僕を、エミさんは助けてくれていたんです。あの人の車と接触しそうになって。僕の不注意だったんですが、エミさんは、やさしく手助けしてくれて」

「エミが？　本当か？」

「もちろんです。——あ、今、そこに」

エミがカタカタと靴音をたてて、スタジオへ駆け込んで来た。

「ごめんなさい！　ちょっと事故があって」

そして淳一に気付くと、「あら、あなた、動いても大丈夫なの？」

「ええ。僕のせいで、あなたが叱《しか》られるようなことがあっては……」

「まあ、やさしいのね。でも、私、どうせ遅刻の常習なの。——あの、ディレクター、すみません」

ディレクターは苦虫をかみ潰したような顔をしていたが、

「——分った。ま、仕方ないな、そういうことじゃ」

と、肩をすくめる。「おい、急いで仕度してくれ！　時間がない」

「はい！」

エミが駆け出しながら、淳一の方へ、チラッと目をやって、一瞬素早くウインクして見せたのに、誰も気付かなかった。

5

「ヨーイ、ドン！」

と、真弓が大声で言った。

ワーッと凄い勢いで駆け出したのは、道田刑事である。

「行け！　ほら、頑張って！」

と、真弓が手を振り回す。

道田は、廊下の半ばまで来ると、何しろ下がよく磨き上げられているので、ツルッと足を滑らし、

「ワッ！」

と一声、もののみごとに引っくり返ってしまったのだった。

「だめじゃないの！　これじゃちっとも実験になりゃしない」

「す、すみません……」

道田は、喘《あえ》ぎ喘《あえ》ぎ言った。「もう……とても立てません……」

「しっかりして！　それでも捜査一課の刑事なの？」

「はあ……」

道田は汗びっしょりだった。

何しろ、説教堂で貴子を撃った犯人が、何秒で部屋へ駆け戻れたかを実験するというので、もう三十回も同じ所を走らせているのである。いくら大した距離でないといっても、道田刑事がのびるのも当然というべきだろう。

「――一息お入れになっては」

と、声がした。

いつの間にやら、佐久間敏子が立っている。

「客間に、冷たいお飲物を用意いたしました」

「あら、どうも。ちょうど、何かほしいと思ってたの。道田君。やっぱり走るって、喉がかわくのね」

「そ、そうですね……」

真弓の方は、タイムを測っているだけで、ちっとも走っちゃいないのである。

――しかし、実際に客間でいかにもおいしそうに冷たい紅茶を飲んでいたのは真弓の方で、道田は、アッという間にグラスを空にして、ハアハアと息をしているばかりだった。

「佐久間さん、でしたよね」

と、真弓が言うと、四十代の半ば、物静かなお手伝いの女性は、

「敏子とお呼び下さい」

と、言った。「皆様、そうお呼びになりますので」

「そうですか。――もうずいぶん長いんでしょ、この家に」

「はあ、とても」

「あなたはどう思います？　この間の事件のとき、何か気付いたこと、ありません？」

「さあ……。私は使用人でございますので」

「でも、これは殺人未遂事件ですから」

「使用人は、家の中で何が起っても、見ていないことにしなくてはならないのです」

「はあ……。じゃ、何か見たんですね？」

「そうは申しておりません」

佐久間敏子の言い方は、何とも捉《とら》えどころがなかった。

「どうでしょうね。貴子さんを殺そうとしたのは誰か。何かご意見は？」

「さあ……」

「ここだけの話でいいんです。――ね？　絶対外へ洩らしませんから」

「さあ……」

敏子は、おっとりと微笑むと、「私は使用人でございますので……」

――真弓も、とても歯が立たなかった。

「どうしようもないわね」

と、敏子が出て行くと、真弓は首を振って言った。「道田君、どう思う？――今のままじゃ、誰も、貴子を撃てなかった、ってことになるわ」

「そうですね」

道田も、少し元気をとり戻したようで、「何なら、また走ってみますか？」

「もうむだよ」

と、真弓は手を振って、「どうせむだとは分ってたんだけどね」

「そう……ですか」

道田がもう一度倒れそうになる。

「私としては、あの勇一ってのが気に食わないのよね。でも、気に食わないからって、犯人にしちゃうわけにもいかないでしょ」

真弓は珍しく冷静な(?)意見を述べた。「ともかく、早く解決してくれないことにはね。あの鳥居に、いつまでも居座られちゃ、かなわないわよ」

「その内、観光名所になるかもしれませんね」

「そうね。〈泥棒と刑事〉夫婦の住居、とかいってね」

「は?」

「いえ、何でもないの」

真弓は伸びをして、「――さ、帰りましょうか」

「はあ……」

玄関を出ると、真弓はギョッとして足を止めた。目の前に、また佐久間敏子が立っていたのである。

「お電話でございます」

と、敏子は言った。「こちらへ」

「どうも。――恐れ入ります」

と、真弓はつい頭まで下げていた。

電話の所へ案内され、受話器を受け取ったときも、

「ごていねいにどうも」

と、頭を下げてしまった。

何となく、そうしないと申し訳ないようなムードなのである。

「もしもし、今野真弓でございますが。――何だ、あなた」

ガラッと口調が砕けて、「どこにいるの？　え？」

真弓が目を丸くし、それから、キッと目が吊《つ》り上った。

「これからすぐ行くわ！　待っててよ！」

真弓はほとんど怒鳴るように言っていたのだった……。

その十数分前、淳一と深井エミは、二人で話し込んでいた。

真弓が見たら、カーッとなって、拳銃でも引っこ抜きそうだが、決して怪しい仲だったわけではない。もっとも、深井エミの方はもともと「怪しい」（頭の中身につい

て）タイプではあった。

二人はＴＶ局の喫茶室という、面白くも何ともない場所でしゃべっていたのである。

「――本当なの！　みんなね、私のことを誤解してるのよ」

と、エミは嘆いていた。「私がただの頭の空っぽな男好きだと思ってるの。でもね、私、大して頭も良くないし、男は好きだけど……。どこが違うんだろ？」

と、自分で首をかしげて、

「でも、やっぱりどこか違うの！　本当なのよ」

「そうだろうね」

と、淳一は肯いた。「それぞれの恋は本気なんだ。そうだろ？」

「そう！　そうなのよ！　話が分るのね、あんたって！――ちょっと、もう一杯ちょうだい！」

「そんなにやって、大丈夫かい？」

と、淳一は心配して訊いた。

「平気平気。おしるこ三杯ぐらい、どうってことない」

淳一は、聞いただけで胸やけがして、あわてて水を飲んだ。

「そう。いつもね、恋には忠実なの、私。そりゃ世間の人から見れば、ずいぶんいい加減に見えるでしょうけどね」

「そんなことはない。分る人は分ってくれてるよ」

「そう……。そうよね。忠夫さんも、一郎さんも、晴男さんも、靖夫さんも……。みんな本気だったわ……」

しばらく、エミは考えていたが、それ以上は思い出せない様子だった。

「君、今、『靖夫さん』って言ったか？」

「ええ」

「姓は？」

「性は男よ」

「そりゃ分ってる。名前さ」

「ああ……。ええと、何だっけ。確か——久保《くぼ》じゃないかな。たぶんそう」

「今、その男は？」

「事故でね、死んじゃったの」

と、エミはため息をついて、「私が愛した人は次々に死んで行く。——私、不幸をよぶ女なのかしら？」

「事故って、どんな事故？」

「車だったと思うわ。崖《がけ》っぷちの道で、ハンドル切りそこねて。――いつもは慎重運転の人だったの。魔がさした、って言うんでしょうね、きっと」

久保靖夫か……。「靖夫」で、「事故」。

偶然だろうか？　それとも、あの礼子という娘の言う「霊」の靖夫と同一の人間なのか……。

もし同じ人間だとすると、少々ややこしい話になるだろう。

「ねえ、あなたってすてきね」

突然そう言われると、さすがに淳一も面食らう。

「そりゃどうも」

「今夜、付合ってくれない？」

「いや……ちょっと忙しくてね、夜は」

と、淳一は正直に言った。

「そう。――じゃ、昼は？」

と、深井エミが身をのり出す。

そこへ、ウエイトレスがやって来ると、

「あの――深井さん。お電話です」

「ありがとう。誰かしら」

「男の方ですけど。名前は……」

「出るわ」

エミは席を立って、レジの方へと足早に行ってしまった。淳一がホッと息をついて、とてもおいしいとはいえないコーヒーを飲んでいると、

「あのね……」

と、声がした。

エミが戻って来たのだ。いやに早いな、と淳一は思った。

「間違い電話かい？」

「あの……」

エミは、足もとがよろけていた。「私……何だか……」

淳一の顔がサッと青ざめた。エミは右手でわき腹を押えている。指の間から、真赤な血が、ふき出すように——。

「しっかりしろ！」

と、淳一はエミの体を支えた。

「私……刺されたみたい……」

エミが膝をつく。「ねえ、どうして？　私……いつも……本気で……」

エミは床に突っ伏すように倒れた。

淳一は、呆然《ぼうぜん》としているウエイトレスへ、

「救急車を呼べ！」

と、怒鳴った。

そして、手近なテーブルの上の物を払い落とすと、白いテーブルカバーを引っぱがし、倒れている深井エミの傷口へと押し当てた。

何てことだ！　畜生！

大胆そのものの犯行だ。レジの所の電話へかけて、呼び出す。電話との間は、入口から一メートルほどしかない。通りすがりに素早く刺して、そのまま立ち去ってしまうのは、むずかしくないだろう。しかし――。

淳一は、犯人が容易な相手でないことを、知らされたのだ。

「犯行の時間、アリバイがあったのは、入院してる貴子ぐらいね」

と、真弓は手帳を開いて、言った。「宮島景夫は花を見に出かけてたし、道子は大学へ行ってた。でも、いくらでも抜け出せるしね。礼子は、信者の人たちのための詩を作ってたって」

「ふむ」

淳一は首を振った。「何にしろ、俺が甘かったな」

「そう落ち込まないで」

——夜、大分遅くなって、淳一と真弓は自宅へ戻って来ていた。

「何とか助かりそうだっていうじゃないの」

「ああ……。しかし、たぶん犯人を見てないだろう。実にうまい角度から刺してる」

「でも、どうして深井エミを狙ったの？」

と、真弓はソファに手足を伸して、「何も知らないんじゃない、事件のことなんか」

「どうかな。それを確かめたかったんだが」

「どういうこと？」

淳一は答えなかった。——そして、少ししてから言った。

「おい、礼子の言ってる霊、靖夫ってのが何者か、調べてくれないか」

「いいけど……。何か関係あるの？」

「もしかすると、な」

と、淳一は肯いた。

「じゃ、早速道田君にやらせるわ」

と、電話へ手を伸す。

「おい、道田君ももう帰ってるんじゃないのか?」

「刑事に、休みってもんはないのよ。私を除いて」

淳一は苦笑した。――確かに、真弓といると、落ち込んでいる暇がないってものだ。真弓が言葉巧みに(といっても、「明日のお昼をおごってあげる」と言っただけだが)、道田を仕事へ駆り立てておいて、

「――さて、疲れたわ。寝ましょうか」

「そうだな。疲れてちゃ、いい考えも浮かばない」

「でもね」

と、真弓が淳一の方へ体をもたせかけて来る。「疲れすぎてると、却って眠れないってこともあるのよ」

「まあ……。そりゃ確かにな」

「そういう場合はね、少し無理しても起きてる方がいいの。自然に眠くなるように」

「無理しても?」

「そう」

「無理しなくても起きてられるさ」

淳一が真弓を抱き寄せる。——多少落ち込んでいた気分も、真弓の「ぬくもり」で溶けて行きそうな気配だったが……。

「——ね、あなた」

「うん？」

「人の気配を感じない？」

「そうだな」

二人がそっと顔を上げると——庭に面したカーテンが開いていて、鳥居の下に、見たことのない男女、十人近くが、呆然として淳一たちの方を眺めて、突っ立っていたのだった……。

6

「申し訳ありません」

と、礼子は頭を下げた。「信者の方たちには、まだここへお詣りに来ないで下さいと申し上げたんですけど」

「困るわよ、本当に」

と、真弓は口を尖《とが》らしている。「プライバシーの侵害だわ！」

「すみません」

と、礼子はしょげている。

「――ゆうべはどこへ行ってたんだい？」

と、昼近くになって起き出して来た淳一が訊いた。

「貴子姉さんのそばについてました。靖夫さんがそうしろって言ったんです」

「ほう……。君のいう『靖夫さん』だが、久保靖夫っていうのか」

「そうです。――どうしてご存知なんですか？」

「いや、ちょっとね」

と、淳一は曖昧《あいまい》に首を振った。「さ、コーヒーでも飲んで、目を覚ますか」

その時、玄関のドアをドンドンと凄い勢いで叩く音が聞こえた。

「何かしら？　あれじゃ、ドアが傷むわ」

と、真弓が顔をしかめる。

「借金とりじゃないだろうな」

淳一が出て行ってドアを開けると、目の前にはキッと目をつり上げた次女の道子が立っていたのだ。

「礼子は！」

と、かみつきそうな顔で言う。

「いるけどね。――何だ、一体？」

「あんたが黒幕なのね！」

と、道子は甲高い声でがなり立てた。

「何の話だ？」

「分ってるのよ！　礼子！」

騒ぎを聞いて、礼子が出て来る。

「道子姉さん、どうしたの？」

「何よ、とぼけて！　あんた、お姉さんをうまく言いくるめて、教祖になるつもりなのね！　そうはいかないわよ！」

「そうツバを飛ばさないでくれ」

と、淳一は顔をしかめた。

「何の話なの？　さっぱり――」

「ごまかしてもだめよ！　今、病院へ行って来たら、お姉さん、『私は教祖の器じゃないわ』って。『継ぐのは礼子よ』って言い出すじゃないの。とんでもない話だわ。どうして私が抜けちゃうのよ！」

「そんなこと……」

と、礼子は啞然としている。

「あんたみたいな子供に、教祖がつとまると思ってんの？　冗談じゃない！」

道子の剣幕には、さすがに真弓も出て来たものの、言葉を挟む余地がない、という感じだ。

「道子姉さん。私、何も言ってないわ。本当よ」

「じゃ、どうして鳥居をこんな所へ持って来たりしたのよ！」

「まあ、落ちついて」

と、淳一が、やっと割って入った。「君だって、継ぐのは自分じゃないと言ってたじゃないか」

「妹が継ぐとなれば、話は別よ」

と、道子は淳一をにらんだ。「あんたたちが礼子をそそのかしたんでしょう」

「何ですって！」

と、真弓の方も黙っていない。「人の家へ来て勝手なことを――」

このままでは、血で血を洗う闘いになりかねなかったが、そのとき表に車が停《とま》って、降りて来たのは厚川だった。

「道子さん！　どうしたんです？」

と、穏やかでない気配を感じたらしく、「何だか——喧嘩《けんか》でもしてたみたいですね」

「してないわ」

と、真弓が言った。「これからするのよ」

「言っときますけど」

と、道子が、やおら厚川の腕を取って、「私はね、晴男さんと一緒になるの。私が教祖を継いで、晴男さんが事務局長。お姉さんが継ぐのならともかく、継がないと言うのなら、そうさせてもらうわ」

厚川がどぎまぎして、

「道子さん……。こんな所で……」

「いいのよ。はっきりさせとかなくちゃ。どうせ誰かが継がなきゃいけないんですもの」

礼子は啞然として、姉と厚川を眺めていたが、

「厚川さん……。道子姉さんと？　本当なの？」

「私がそうだと言ってるでしょ」

と、道子が挑みかかるように言った。

「だって……年齢《とし》が……」

「いや、礼子さん、これは――」

と、厚川が言いかけるのを、道子が、

「こんな人たち、放っときましょ！」

と遮って、「早速手配するのよ。記者会見をして、発表するの。後継者は私だってね」

「し、しかしそれは少し――」

「つべこべ言わないで！」

厚川を引きずるようにして、道子は車へ乗り込む。淳一たちは、車が走り去るのを呆気にとられて見送っていたが……。

「――びっくりした」

と、礼子が言った。「道子姉さんと、厚川さん……。全然知らなかった！」

「どうなってんの、一体？」

と、真弓が一人カンカンである。「誰か説明してよ」

「見た通りさ」

　と、淳一は肩をすくめて、「何しろ金のなる木ってとこだ。誰しも教祖の座を狙っておかしくない」

「じゃ、貴子さんを撃ったのも――」

「まあ待て。厚川と道子が、どういう仲でも、あの事件の状況に変りはない」

「そりゃそうだけど……」

「問題は他にあるんだ。――知らなかったが、厚川は『晴男』っていうのかい？」

「ええ。そうですけど……。それが何か？」

「なに、ちょっとよそで聞いた名前だもんだからね。――おい、道田君だ」

　パトカーが停って、道田が半分――いや、八割方は眠っている顔で現われた。

「道田君、何かあったの？」

「いえ……。途中で眠っちまいそうだったんで、パトカーに乗せてもらって来ました」

　と、よろけつつ玄関まで辿りつく。

「しっかりして！　倒れるなら、ちゃんと言うことを言ってからにしてよ」

「そ、そうでした」

と、やっとの思いで手帳をとり出し、「——読めないな」

「逆さだぜ」

と、淳一は教えてやった。

「あ、どうも……。どなたか存じませんが、ご親切に……。ええと……久保靖夫……。これですね。事故で車が崖から飛び込んで……。車に何か細工してあったんじゃないか、という疑いが持たれたそうです。でも、結局、これという決め手がなくて、事故という結……論……に」

ドタッと玄関の上り口に突っ伏すと、道田はそのまま眠ってしまった。

「居間へ運んでやろう。少しは寝かせてやらないとな。手伝えよ」

「はいはい。だめね、最近の男は」

淳一は、道田に同情したくなった。ふと礼子の方を見ると、青ざめて、立ちつくしている。

「大丈夫かい?」

と、淳一は声をかけた。

「ええ……。靖夫さんは殺されたんでしょうか?」

「どうかな。もし、そうだとすると、何か理由があるはずだ」

「そんな……。靖夫さんは人に恨まれるようなことなんて……」

そうかな？　淳一は、もちろん深井エミが久保靖夫の名前をあげていたことを、思い出しているのだ。そして、エミは、「晴男さん」とも言っていた……。

「全く人騒がせな話よね」

と、真弓は言った。「ね、道田君。――道田君、聞こえてる？」

道田は、決して意識を失っていたわけではない。ちゃんと真弓の話も聞こえていたのだ。

ただ、口がきけなかっただけなのである。――口いっぱいに、食べものが詰っていたせいだ。

「フア、ムム、フア……」

と、無理にしゃべろうとして、何だかわけの分らない音を出している。

「食べてから返事して」

と、真弓は言った。

「フア……」

ロビーには、雑多な人々が出入りしている。――このT会館は、宴会やパーティを専門にしていて、場所がいいせいもあるのか、ともかく毎日満杯の盛況である。

「こんなに人が出入りしてちゃ、怪しい人間のチェックなんか、できやしない」

と、真弓はこぼした。「何考えてるのかしらね、本当に」

「はあ……」

道田も、やっと少しまともな口がきけるようになった。

ロビーの一隅のコーヒーハウスで、道田は〈軽食〉と名のつくもの、全部——サンドイッチ、スパゲッティ、カレーライスを、平らげたところだ。

ぐっすり眠って、たらふく食べて、道田は何歳か若返ったようにすら見えた。

このT会館で、午後二時から、宮島道子が記者会見をやるのだ。もちろん、自分が教祖になると発表するのである。

長女の貴子が撃たれた事件もあり、世間が注目しているから、さぞかしにぎやかなものになるに違いない。

深井エミの事件は、全く別の事件と受けとられているようだったが、その内、週刊誌辺りが、かぎつけるだろう。

いずれにしても、道子も一度車にはねられかけている。——この記者会見で、何も起らないという保証はないのだ。

おかげで、こうして真弓たちも駆り出されて来ているというわけである。

「――いや、もう満腹です！」

と、道田が息をついた。「もう何も入りません！」

「当り前でしょ。それだけ食べりゃ」

と、真弓は言った。「そろそろ控室へ行ってみましょ」

「はい！　何でも任せて下さい！　元気百倍！　犯人の十人や二十人、束ねて放り投げてやります」

「その前に、誰が犯人か見付けなきゃね」

と、真弓は言ってやった。「さ、行くわよ。――いいわ。私が払うから」

「すみません！　真弓さん……」

「いいのよ。先輩がごちそうするのが当然」

どうせ高いものは頼んじゃいないのである。

エレベーターで八階へ上る。

「――や、どうもご苦労様です」

扉が開くと、目の前に立っていた厚川が頭を下げる。

「道子さんは？」

「控室においでです」

「会場は？」

「この奥です。広い部屋ですが、廊下はこれを通らないと、行けないようになっています」

と、厚川は説明した。

「結構ですね。――厚川さん」

と、真弓は言った。「道子さんが教祖になるように仕向けたのは、あなたですか？」

「いや、とんでもない！」

と、厚川は首を振った。「道子さんとは……まあ確かに、関係があるのは認めます。しかし、何といっても彼女は大学生です。貴子さんが継ぐのが順当だと思ってるんですが……。ともかく当人が固く決心していて、どう言ってもだめなんです」

厚川の言い方は、まんざら芝居でもなさそうだった。

「でも、突然そう決心したのには、わけがあるんでしょ？」

「分りません。いくら訊いても、『天啓よ』と言うばかりで」

「テンケイ？」

「ま、天のお告げ、といいますか……」

「ああ、なるほどね」

と、真弓は肯いた。「でも――亡くなった初子さんは、色々、奇跡を起したとか言われてますけど」

「ええ。あの方には、確かに不思議な力が具わっていた、と思います。決してインチキや、トリックではなかったんです」

「道子さんにも、そんな力が？」

「いや……。貴子さんも道子さんも、そういう力はないようです」

「じゃ……」

「末の礼子さんが、そういう霊感を持っているような気がします。しかし、宗教ですからね。後を継いだ者は奇跡を起す必要もないわけでして」

「はあ……。じゃ、誰がやっても同じ、と」

「そういうことです。だから勇一さんは、男でもいいだろうとおっしゃっているわけです」

「そうですか」

そういえば、勇一はどこにいるのだろう？

「今日、勇一さんは？」

「来るわけがありませんよ。妹があと継ぎになるというんですから、面白いわけがありませんしね」

真弓は肯いた。――そろそろマスコミ人らしい姿がチラホラ見えている。

「厚川さん。久保靖夫という男の子のこと、知ってますか」

と、真弓は訊いた。

「ああ、礼子さんの付合っていた男の子ですね。可哀そうに、事故で死んでしまった……」

「二人の付合いに、誰か反対していたんでしょうか」

「さあ……。そんな話は特に聞いていませんね。礼子さんはあの通り、おとなしい人ですから、馬鹿なことをするわけがないし」

「そうですか。――深井エミというタレント、ご存知ですね」

「ええ。刺されて重体とか。きっと男関係なんでしょうね。勇一さんの名前も出ていたようですが……」

と、厚川は苦笑した。「――あ、そろそろ会場の方を見て来なくてはいけないので」

「どうもお引き止めして」

と、真弓は言った。

厚川が足早に立ち去ろうとするところへ、

「厚川さん」

と、真弓は声をかけた。「深井エミが、久保靖夫とも恋仲だったと知っていましたか」

厚川の顔が一瞬サッとこわばった。不意討ちだったのだ。そして厚川は、あわてて一礼すると、行ってしまった。

「真弓さん……」

「なかなか面白いわね」

真弓は肯くと、「さて、記者会見で何が起るか、見ものね」

と言って、道田の肩をポンと叩いたのだった……。

7

記者会見の会場は、普通では考えられないくらい、広かった。下手をすれば、閑散としてしまうところだった。
ところが——現実には、そこが人で埋ってしまったのである。厚川が用意した印刷物が足りなくなって、あわててコピーをとる始末だった。

会見は、予告の時間から十分遅れで始まることになっていた。並んだ机の前に、カメラマンが大勢しゃがみ込んで、「新しい教祖」の登場を待っている。

「何人か応援を連れて来るんだったわ」

と、真弓が会場の隅でぼやいていると、

「ここに一人いるぜ」

と、すぐ後ろで声がした。

「あなた！――どこにいたの？」

淳一は、いかにもマスコミの人間という格好で、メモ帳などを手にしていた。

「ちょっと調べてたんだ。あれこれな」

「この事件にご執心ね」

と、真弓は冷やかした。

泥棒としてのメリットは、ないはずだ。

「早く片付いて、あの娘が出てってくれないと、こっちも安心して仕事ができないよ」

「それもそうね。――礼子さんも、ここにいる？」

「どうかな。たぶん揃《そろ》ってるだろう。勇一もさっき仏頂面してやって来た」

「もめなきゃいいけどね」

「マスコミの前じゃ、そんな真似はしないだろうぜ。ところで、どうだった、厚川の反応は？」

「狙い的中。真青になったわよ」

「そうか」

と、淳一は肯いた。

「厚川が犯人なの？」

「そういうわけじゃない」

「じゃ、どうして——」

「あの状況を見りゃ、誰か一人が犯人てことは考えられない、そうだろ？」

「うん……。じゃ、一体何だっていうのよ」

と、真弓は苛々している。「あなた、犯人が分ってるとでも言うつもり？」

「ああ」

と、淳一が肯くと、真弓は目をむいた。

「だ、誰なの？　すぐ手錠をかけてやるわ！」

と、夫の腕をつかまえる。

「おい。——ほら、始まるぜ」

厚川が、マイクの前に立って、

「本日は、大勢の方にお集りいただきまして、ありがとうございます」

と、挨拶《あいさつ》を始めた。

「あなた——」

と、真弓がつつく。

「しっ。なあ、いいか。初めから分り切ってることだ。あの場合、犯人は外へ逃げられなかった」

「じゃ、どこへ逃げたの？」

「もちろん家の中だ」

「でも廊下へ出るしかないのよ。みんなが一斉に廊下へ出て……」

「そうだ。誰かが逃げて来りゃ、目についたはずだ」

「じゃ、どうなっちゃうのよ？」

淳一は、ちょっと肩を揺すって、

「簡単だ。——全員が共謀した上でなら、な」

と、言った。

真弓が唖然とした。

「つまり、貴子に継がせないために、他の全員が……」

「それしか考えられないだろ?」

淳一はそう言って、「ほら、出て来たぜ」

室内のライトを浴びて、宮島一族が登場した。――驚いたことに、撃たれた貴子までが、佐久間敏子の押す車椅子で、先頭に現われたのだった。

顔色は良くないが、しっかりしている感じだ。カメラのフラッシュに少しまぶしげに目を細くする。

「写真は後にして下さい!――写真は後で!」

と、厚川が叫んでいるが、カメラマンの方は遠慮などしていない。

貴子に続いて、緊張した表情の道子。そして、礼子が続く。

勇一は、と見ていると、少し遅れてふてくされた様子で入って来た。そして最後に、宮島景夫。

いつもと変らないのは、礼子と、宮島景夫の二人だったろう。

一列に並んで正面のテーブルにつく。ますますカメラのフラッシュが光り続けている。

やっとそれがおさまると、厚川がマイクの前に戻って、

「では初めに……亡き初子様に代って、宮島景夫がご挨拶申し上げます」

と、アナウンスした。

景夫が、目の前のマイクを少し自分の方へ引き寄せる。

――淳一は、壁に沿って、静かに移動していた。

「あなた。――待ってよ」

真弓がついて来ると、押し殺した声で、「どこに行くの?」

「お前はちゃんと見張ってろよ」

「だって……犯人は分ったんじゃないの」

「深井エミを刺した奴は分ってない。そうだろ?」

「別の犯人だっていうの?」

淳一は首を振るだけで、答えなかった。

「でも……凄いわね。確かに全員が口を合せれば、可能よね。じゃあ……道子、勇一、厚川、佐久間敏子も?」

そう言ってから、真弓は愕然として、「じゃ、父親の景夫も、貴子を殺す計画に加

わったっていうの？」

「いいか」

淳一は、真弓の肩を叩いて、「焦るな。事件はまだ終ってない」

「何が起るっていうの？　これから、まだ――」

と、真弓が言いかけたとき、会場がざわついた。

貴子が、

「私には教祖を継ぐ気持はありません」

と、発言したのである。

「じゃ、どなたが継ぐんですか？」

と、記者の間から同じ問いがいくつも飛んだ。

「私は――」

と、貴子が息をついて、「教祖の器ではないと悟りました。これは年齢の順とか、そんなもので決めるべき問題ではありません。教祖たる者の資格は、生れついて持っているもので決ります」

貴子の静かな語り口に、ざわついていた会場はいつしか静まり返ってしまった。

「――私としては」

と、貴子は、重傷を負った人間とは思えない、力のこもった声で言った。「教祖を、末の妹、礼子に継がせたいと思います」

再び会場がざわつくと同時に、早くもカメラのレンズが礼子の方へと向き、バシャバシャと雨のようにシャッターが切られる。

「待って下さい」

と、貴子は続けて、「他の人の気持も訊いてみなくてはなりません。――特に次女の道子の気持を」

さあ、どうなるか。真弓は、じっと息をのんで、見守っていた。

もちろん道子がそんなことを承知するわけはない。大体、この会見そのものが、道子自身の考えなのだ。

道子は、やや青ざめた、硬くこわばった顔で、じっと正面を見据えている。

貴子が口を閉じると、誰もが道子の発言を待った。道子も、当然そうと分っているはずである。

「私……」

道子は少しかすれた声で言って、目の前の水のコップをつかんだ。

真弓はハッとした。もしやあの中に毒が――。

しかし、道子は水をガブガブと一気に飲み干して、息を吐き出した。別に死ぬ様子もない。真弓はホッとした。

「私は——妹の礼子が教祖になることに、異議はありません」

と、道子が言った。

——真弓は唖然とした。どうなってんの、これ？

淳一のいる方を見ると、もう、姿は消えていた。

「それでは——」

貴子が肯いて、「礼子。あなたが、二代目の教祖よ」

と、言った……。

礼子は、いつもとあまり変らない表情で、姉二人の顔を見ると、ゆっくり椅子から立ち上った。

また、カメラのフラッシュが一斉に光る。

記者たちが、

「まず、話を先に！」

と、怒鳴っている。

厚川が、カメラマンを抑えて、

「では――礼子さん。新しい教祖として、ご発言下さい」

と、額の汗を拭きながら言う。

「はい」

礼子は、何だか夢から覚めたかのように、会場の中を見渡した。

真弓は、道子がキュッと唇をかんで、蒼白《そうはく》なほど青白い顔になっているのに気付いた。

「私……教祖をお受けします」

と、礼子は穏やかに言った。「でも……私の使命は、たった一つです。それは、新しい教祖を指名することなのです」

誰もが顔を見合わせた。

「――どういう意味ですか、それは？」

と、質問が飛んだ。

「ですから、私は教祖として、次の新しい教祖にこの地位を譲りたいと思っているんです」

「礼子、あなた、何を――」

と、貴子が言いかけるのを無視して、礼子は大きく息を吸い込むと、声を高くして言った。

「次の教祖に、兄の勇一さんを指名いたします」

――沈黙が来た。

しかし、その後に大混乱が続くことを、その沈黙の内で、誰もが分っていたのである……。

「どういうこと？」

と、貴子が言った。「私には分らないわ……」

T会館の控室。――記者会見の席は荒れに荒れて、勇一以外の宮島家の面々は、やっと、この控室へ「逃げ込んだ」という感じである。

「礼子」

と、貴子は言った。「説明してちょうだい！」

「いけませんよ、貴子様」

と、佐久間敏子が言った。「もう、とっくに病院へ戻られていなくてはいけない時間です」

病院から、医師と看護婦が付き添って来ていた。医師は、貴子の脈をとりながら、

「興奮するのは、傷にさわります」

と言って、看護婦の方へ、「手配してくれたまえ」

と、肯いて見せた。

「その前に、礼子、あなたの説明を聞きたいわ」

と、貴子がくり返すと、

「説明する必要ないと思うわ」

と、礼子が答えた。「お姉さんは私に教祖になれと言った。私は言われた通りにしたのよ」

「そして即座にやめたの？　そんな馬鹿な！」

「やめて」

と、礼子が思いがけない強い口調で、貴子に向って、挑むように言った。「私は教祖だったのよ。何をしようと、とやかく言われる筋合はないわ」

貴子の頬が紅潮した。そして、道子の方へ、

「道子！　あんたはどうして黙ってるの？」

と、言葉を向けた。

「私は、教祖の座を辞退したのよ」

道子は、目を伏せたまま、淡々と言った。「後はどうなっても、知らないわ」

「そう……。お母様が聞いたら、どう思うかしらね」

控室のドアが開いて、記者に捕まっていた勇一が、息を弾ませながら、入って来た。

「いや、参ったぜ！　ああしつこいとは思わなかった」

と言いながら、顔はニヤニヤ笑っている。

「お疲れ様でございました。お茶をお飲みになりますか」

と、敏子が言った。

「うん。一杯くれ。――なあ、これだけ話題になるんだ。パーッと派手に披露パーティでもやらなきゃな！」

「好きなようにしてちょうだい」

と、貴子は冷ややかに言った。「病院へ戻ります」

「では。――用意はいいか？　じゃ、車椅子を押して」

と、医師が看護婦に指示する。

――貴子がいなくなると、道子も立ち上って、

「私、約束があるの。出かけるわ」

と言った。「今夜、帰らないかもしれないけど、心配しないで」

「道子様——」

「大丈夫よ。もう子供じゃないわ」

道子はさっさと控室を出て行った。

残ったのは、父親の景夫と、勇一、礼子、そして敏子……。真弓も、隅でこの様子を眺めていた。

「──やあ、旨《うま》いもんだな、こういうときの茶ってのは」

と、勇一は満足げ。「おい、礼子。よく言ってくれたな。礼を言うぜ」

「私は自分の信じる通りを言っただけ」

礼子は、いつもと変らぬ口調である。

「しかし……」

と、景夫は独り言のように、「いいのかな、男が継いでも」

「何だよ、父さん。父さんまで反対なのかい?」

「いや、そうじゃないが……」

「おい、礼子、何か食って帰ろうぜ。他の連中は放っといて。さ、行こう!」

勇一は、礼子の手をつかむと、否《い》や応《おう》もなく、控室から引張り出してしまった……。

真弓は、

「私もお茶をいただける?」

と、敏子へ声をかけた。

「失礼いたしました。気付きませんで」

と、敏子が、すぐにお茶をいれてくれる。

「宮島さん」

と、真弓は言った。「どう思われます?」

「さっぱり分らん」

と、宮島景夫は首を振った。「礼子は、あの立場にふさわしい子だと思う。しかし、勇一の奴は……。自分で息子のことを悪く言うのも何だがね。男の子一人で、甘やかしてしまったんだ。それに――勇一は私自身の子ではないのでね」

「初耳です」

「うん。あれは初子の連れ子だったんだ。父親はあれが産れて間もなく死んだらしい。つい、私もあの子には厳しくしないで来てしまった……」

「そうですか」

と、真弓はゆっくりお茶を飲んだ。「道子さんはどうしてあとを継がないと言い出したんでしょう?」

「さてね。見当もつかんよ」

と、景夫は首を振って、「もう私も戻ろう……。久しぶりに大勢人のいる所へ出て、くたびれた」

景夫は立ち上って――そのままバタッと床のカーペットの上に倒れた。

それが、あまりにも自然な、滑らかな動きだったので、真弓は、景夫がどうしたのか、一瞬分らなかった。

「宮島さん。――どうしたんですか？」

と歩み寄って、かがみ込むと、景夫は苦しげに息をしている。「大変！　具合が悪いんだわ！」

「まあ」

敏子が、急いでやって来ると、「あの――誰か、係の方を」

「ええ、すぐ。――じゃ、この人を見ていてね！」

真弓は駆け出した。

「――ちょっと！　病人なのよ！　救急車を呼んで！」

と、ロビーにいた制服のボーイをつかまえて怒鳴る。

「はあ？」

相手は、真弓の怒鳴る声の方にびっくりして、何を言われているか、分らないのである。

「何ぐずぐずしてんの！　救急車！」

「真弓さん！」

と駆けて来たのは道田だった。

「道田君！　良かった。救急車を呼んで！」

道田が目をむいて、

「真弓さん！　どこが悪いんですか？　もし僕がお役に立つのなら、心臓でも何でも持っていって下さい！」

「馬鹿！　私じゃないの！――私が救急車を呼ぶから、控室から、宮島景夫を運んで」

「はい！」

と、道田が駆け出そうとして――。「出て来ましたが」

「え？」

真弓は振り向いて、びっくりした。敏子が宮島をおぶって、控室から出てきたのである。

「一人で大丈夫です。タクシーで近くの病院へ」

と、敏子が言った。

「あ、分ったわ。じゃ、すぐに――」

真弓はあわててエレベーターへと駆け出していた……。

8

足音が響いた。

説教堂の壇の上に立っていた勇一は、

「誰だ?」

と声をかけた。

ガランとした中に、声が反響する。

「私……」

「礼子か」

白いワンピースの礼子が、ゆっくりと壇の方へやって来た。

「――お兄さん。気味悪くないの?」

「どうして？」

「だって……。そこで貴子姉さんが……」

「ああ。俺は平気さ」

と、勇一は笑って、「おとなしくやられてるほど、素直じゃない。襲って来る奴がいたら、後悔するさ」

――もう夜中になっていた。

しかし、誰も眠ってはいないだろう。とんでもない一日だったのだから。

礼子は、壇のすぐ前の席に腰をおろすと、

「お父様のお見舞いに行かないの？」

と、勇一に言った。「いくら本当の父親じゃないからって……」

「おいおい」

と、勇一は演壇に腰をかけると、「俺が冷血動物みたいじゃないか、それじゃ。今すぐどうこうって病状じゃない、って連絡があったたし、静かに寝かしとくのが一番ってことだったたから、行かなかったのさ。マスコミでもついて来たら、却って騒がしいだろ」

「分ったわ」

と、礼子は肯いた。

「そんなことより……礼子」

と、勇一は少し低い声になり、下へ下りて、妹の隣に座った。

「なあに？」

「お前……。どうして俺のことを？」

「変ってるのね」

と、礼子は微笑んだ。「あんなに教祖になりたがってたじゃない。それなのに、なったらなったで、そんなにしつこく……」

「そうじゃない。しかし、お前がどうしてコロッと変ったのか、不思議でさ」

と、勇一は肩をすくめた。

「変っちゃいないわ。私、もともと、教祖になりたかったわけじゃないもの」

勇一は、何だか落ちつかない様子で、礼子から目をそらし、両手を握り合せて、足で床をけっていたが……。

「礼子。——怒ってるか」

と、言って、「いつかのことだ」

礼子は、少し表情をこわばらせた。

「喜んじゃいないわ」

「そうだろうな。しかし……」

勇一は、礼子を見た。「俺はお前が好きなんだ」

「お兄さん――」

「俺とお前は、血がつながってない」

勇一の言葉に、礼子は戸惑った。

「そりゃ、お父さんは違うかもしれないけど――」

「母親もだ」

礼子は、じっと勇一を見つめた。

「何の話？」

「お前の母親は、別の女だ」

「嘘《うそ》」

「本当だ」

と、勇一は言った。「お前は、親父《おやじ》がよその女に産ませた子だ。お袋が引きとって、育てたんだ」

「嘘よ」

「だから、俺とお前は、父親も母親も違ってるんだ。分るか?」

「兄さんの嘘つき」

礼子は青ざめて、立ち上っていた。

「落ちつけよ、礼子。俺は――」

「許さないから! そんなひどいでたらめ言って!」

「本当だ。貴子がお前に教祖を、と言ったとき、どうして道子があんなに怒ったと思う? お前がお袋の子じゃないと知ってたからだ」

「お兄さん……」

「俺は、本気でお前が好きなんだ」

勇一は、礼子の手をつかんだが、礼子の方は激しく手を振り切った。

「やめて!――やめて!」

礼子は、よろけるように、説教堂から出て行った。

勇一も後は追わなかった。そして、大きく息をつくと、

「このドジが!」

と、呟いた。「何とか言い方を考えろ」

コトッと音がした。冷たい風が当る。

勇一は顔を上げた。窓が開いていた。

勇一は愕然として、立ち上ろうとした。

大きな銃声が、説教堂の中に響きわたって、勇一が胸を押えて倒れる。硝煙は、ゆっくりと空中に渦を巻いていた。

——二階の窓から、黒い影が素早く滑り込む。

そして、アッという間にロープをたぐり上げると窓を閉め——。

「あわてることはないよ」

と、淳一が言って、明りを点ける。

ハッと足を止めたのは、佐久間敏子だった……。

「あんたは……」

「分ってたんだ。——貴子さんが撃たれたとき、みんな一階の部屋から廊下へ飛び出し、あんたは二階から駆け下りて来た。誰もあんたがやったんじゃないかとは思わなかった。——当然だ。まさか、あんたに、ロープで真下の説教堂の窓へと伝いおりたり、よじ上ったりという芸当ができるとは、誰も思わないからね」

敏子は、ロープを両手でギュッと握りしめた。——真弓が、駆けよって来た。

「――あなた！」

「勇一はどうだ？」

「大丈夫。防弾チョッキが役に立ったわ」

敏子は青ざめていたが、動揺する様子は見せなかった。

「罠《わな》だったんですね」

「申し訳ないがね」

と、淳一は言った。「――下の窓を外から開けられるようにしておくのは、あんたなら簡単だ。それに、犯人は、なぜわざわざあんな時間に貴子さんを撃ったのか。礼子が家にいないこと、そして誰かを犯人に仕立てないことが、大切だったんだな」

「それにしても凄い離れわざね」

と、真弓が舌を巻いた。「窓から、上の窓へよじ上って、急いで階段を駆け下りて行ったのね」

「宮島景夫を一人でおぶっていったのを見ても分るだろう。見かけと違って、きたえ抜かれた体の持主なのさ」

敏子は、畳にきっちりと座った。

「――負けましたわ」

と、淳一と真弓を見て、「なぜやったか、訊かないんですか」

「分ってるつもりよ」

と、真弓は言った。「礼子さんは、あなたの子ね」

敏子は、ちょっと目を伏せて、

「そうです。――宮島さんと、私の間に」

「で、初子さんが、礼子さんを引きとって育てることになった。初子さんは、あなたが働きに来たとき、そのことを知ってたの？」

「いいえ。あの方は、礼子を引きとるときも、私とは会っておられませんでしたから」

と、敏子は言った。「でも、とてもいい方でした。礼子のことも可愛がって下さいましたし」

「でも、あなたは礼子さんに、教祖を継がせたいと思い始めた。初子さんが亡くなると、案の定、後がもめ始めたので、チャンスだと思ったのね」

「そうです」

「貴子さんを狙って、殺しはしなかったけど、みんな、互いに疑心暗鬼になるようにもって行った。――もし道子さんがあとを継ぐことになれば、道子さんを狙った？」

「そうですね。たぶん……」

淳一が口を挟んで、

「どうして道子が教祖になるのを辞退したんだ？　大方、あんたが、『もし教祖になったら、厚川を殺す』と道子をおどしたからじゃないかと思うんだがね」

と、言った。

「そうです。道子さんは厚川に夢中でしたから、そのためなら、教祖の座を諦《あきら》めたんです。でも――せっかくうまく行って、礼子のもとへ、教祖の椅子が行ったのに」

と、敏子が首を振る。「どうして、あの勇一さんなんかに！」

「そこが、こっちの狙いでね」

と、淳一は言った。「僕が頼んだのさ、礼子さんに」

「まあ」

敏子は目をみはって、「じゃ、わざと、私をおびき出すために？」

「そうさ。礼子さんのことを、恨んじゃいけない。あの子は、あんたにこれ以上、罪を犯してほしくなかったんだ。分るかい？」

敏子は、目を伏せた。

「――お母さん」

礼子が、二階へ上って来ていた。

「礼子さん……」

「変よ、親子なのに」

と、礼子は笑った。「礼子、って呼んでよ」

「礼子……」

淳一は、真弓を促して、

「行こう。――下で待ってるよ」

と、二人へ声をかけたのだった。

――一階へ下りると、勇一が立っていた。

「うまく行った？」

「何とかね。今、礼子さんは、母親とご対面の最中」

「そうか……。しかし、まさか敏子さんがあいつの母親とはね」

勇一は首を振った。

真弓は、淳一を引張って広間へ入ると、

「ねえ、でも、おかしいじゃない」

と、言った。

「何がだ？」

「あの佐久間敏子、確か深井エミが刺されたとき、私たちと一緒だったのよ」

「深井エミを刺したのが、あの女だとは言ってないぜ」

「じゃ、誰なの？」

「落ちつけ」

と、淳一は真弓の肩を叩いた。「犯人は逃げやしない」

少しして、礼子と敏子がしっかり肩を抱き合って、階段を下りて来た。

勇一が立っている。敏子は頭を下げて、

「失礼しました」

と、言った。

「いや、いいんだ」

と、勇一は意外にさばさばした表情だった。「俺はね、あれで一度死んだような気がしてるんだ。――礼子」

「お兄さん」

と、礼子は言った。「悪いけど私――やっぱり、あなたはお兄さんでしかないの」

「分ってる。ただ……お前に、教祖をやってほしいのさ」

「え？」

「やっぱり、俺は柄じゃないよ」

と、勇一は笑って、「どうだ？　また俺からお前に返すことにするよ、教祖の座を」

「そんな……。私は、この人の娘で――」

「いいじゃないか。世間に対しては、そんなこと関係ない」

「でもやっぱり、貴子姉さんも道子姉さんもいるのに……」

「今の教祖は俺で、その俺がお前に、と言ってるんだ」

「そんなの無茶です！」

「どこが無茶だ」

「ともかくだめです！」

「石頭！」

「どうせ！」

勇一と礼子がやり合っているのを、真弓と淳一は呆れて眺めていたが……。

「おい、ここは道田君に任せて、出かけないか」

「そうね」

二人は顔を見合せ、肯き合ったのだった……。

「――誰だね」

病室のベッドで、宮島景夫が、そっと頭をめぐらせた。

「いかがですか」

と、真弓は言った。

「やあ、あんたか」

と、景夫は力ない笑顔で、「どうも、この恰好《かっこう》は情けないね」

「こんなとき、申し訳ないんですけど」

「何だね?」

夜もかなりふけている。病院の中は静かだった。

「敏子さんが逮捕されました」

真弓の言葉に、しばし反応がなかった。

「――そうか」

やっと出た声はかすれている。

「宮島さん」

と、真弓は言った。「深井エミを刺したのは、あなたですね」

景夫は、じっと天井を見つめて、

「分ってるんだろう」

「あなたは、礼子さんの恋人だった久保靖夫の死にも、係ってるんですか」

「今さらごまかしても仕方ないね。——その通りだ」

「車に細工をして？」

「ああ……。事故でけがでもさせるつもりだった。まさか死ぬとはね。——警告を与えればよかったんだ、本当は」

「久保靖夫と、深井エミを近付けたのも、あなたですか」

「ああ」

枕の上で、軽く頭を動かす。「エミは便利な子だった。どんな男にもやさしくて、情にもろい。単純だが、いい子なんだ……」

「彼女を利用して、娘に近付く男たちを、遠ざけようとした」

「そうさ。誰があとを継ぐか分らんのに、妙な男がいたんじゃ、お先真暗だからな」

「その手で、厚川さんも」

「うん。あいつも、道子と付合ってたんでな、エミに言って、厚川を抱かせた。もし道子が、厚川と本気で結婚するといったら、その証拠を見せてやれば、話はこわれる」

「でも、その内にミイラとりがミイラ、というわけですね」

「そういうことになるかな」

と、景夫は言った。「あいつに狂ってしまった。このとしで、まさか、と思ったが……」

「で、エミがどうしても男から男へ、という生活なので──」

「やきもちだよ。情ない話だ。エミを、もう他の男に抱かせたくなかったんだ」

苦い笑いが、宮島景夫の顔を歪《ゆが》ませて、「逮捕するのかね?」

「入院中ですからね」

「そうか……。たぶん、もう戻れないような気がするよ、あの家には……」

そう言って、景夫は静かに目を閉じた。

エピローグ

「で、結局、誰が教祖になったんだ?」

と、淳一は訊いた。

雑誌を閉じて、帰って来た真弓の方を見る。

「散々もめた挙句、道子さんよ」

と、真弓は言って、ソファにドサッと横になった。

「どうやって決めたんだ？」

「簡単よ」

と、真弓は言った。「くじ引き」

淳一はふき出した。

「そう聞くと、ありがたみがないな」

「どうなるのかしらね。前の教祖の夫が殺人犯じゃ」

「ま、そいつは新しい教祖しだいだろうぜ」

淳一は、真弓の傍《そば》へ座ると、「これで、あの子も帰ったし、ここが〈聖地〉にならずにすんだってわけだ」

「本当！　冗談じゃないわ、全く！」

真弓の言い方には、実感がこもっていた。

真弓は、夫の方へにじり寄ると、

「あなた……。結局、働き損ね、今回は」

と、ささやいた。

「そうでもないぜ」

「あら、何か盗むもの、あった?」

「ないこともなかった」

「何よ、はっきり言って」

と、真弓がせがんでいると、玄関のドアを叩く音がした。「――道田君だわ。何か忘れものかしら」

仕方なく立って出て行く。

「道田君、どうしたの?」

今日は久しぶりに夕方早めに帰って来たので、まだ外は明るい。

道田の後ろに立っているのは、礼子であった。

「あの――この人から、捜索願が出てるんです」

と、道田は言った。

「誰を捜してるの?」

と、真弓が訊くと、

「いえ……。人じゃないんです。あの――お庭に置かせていただいてた、鳥居なんですけど」

「鳥居？　あの馬鹿でかい奴？」

「ええ」

「ちょっと待って」

と言って、居間へ戻り、カーテンを開けて、目を丸くした。

あの大きな鳥居がきれいに姿を消しているのだ。

真弓は、ゆっくりと夫の方へと振り向いて、

「あなた……。やったわね」

「いいじゃないか、どうせ邪魔だと言ってたしさ」

「でも……。どこへやったの？」

「夜中に工事のクレーン車を拝借して、運んだのさ。今ごろ船の上だ」

「船？」

「外国じゃ珍しいもんだからな。ある遊園地を飾ることになってるよ」

「呆れた！」

「事件解決の手数料さ」

と、淳一は言った。

「ばちが当っても、知らないわよ」

「じゃ、戻すか?」

「いいわよ。また作るでしょ、きっと」

真弓は笑って、「一度、少し多めに、おさい銭をあげときゃいいのよ」

「そうしよう。——何してるんだ?」

真弓は夫にキスして言った。

「あなたが不幸に捕まらないようにしてあげたの」

「それなら、警察に捕まらないようにしてくれ」

「それは無理よ。もう捕まってるんですからね」

真弓は、そう言って、ウインクして見せたのだった。

人の噂《うわさ》も七・五日

1

パッとフラッシュが光った。

「まあ！」

今しも夫にキスしようとしていた真弓は目を吊《つ》り上げて、「何て失礼なの！　人がキスするのを邪魔するなんて！」

——何ごとか、とレストランの中の客は一人残らず、興味津々という目で眺めている。

「ちょっと！」

と、真弓は、そのカメラを手にした男の腕をぐいとつかんで、「勝手に人のことを写しといて、逃げるつもり？」

「は？」

と、その男は面食らった様子で、「何か用ですか？」

「用ですか、じゃないでしょ！　人がキスしようとしてるのを、写真にとるなんて、どういうつもり？　場合によっちゃ、連行するわよ」

真弓が警察手帳を覗《のぞ》かせると、相手も焦って、

「ちょっと――待って下さいよ」

と、あわてて首を振り、「違いますよ」

「何が違うのよ！　ちゃんとカメラを持ってるでしょうが！」

「いや――そりゃ僕はカメラマンです。しかし――」

「落ちつけよ」

と、同じテーブルについていた夫、今野淳一は、真弓の手をとって、「フラッシュが光ったとき、レンズはこっちを向いちゃいないようだったぜ」

「そ、そうですよ。僕がとったのは――あの奥のテーブルなんです！」

「そうならそうと、早く言いなさい」

真弓は一向に照れる様子もない。「ともかく、食事の邪魔よ。早く出てって」

真弓が手をはなすと、カメラマンはホッとして、行こうとしたが、そこへ――。

「待って！」

と、飛び出して来た娘がいる。「フィルムをこっちへちょうだい！」

「いや、そういうわけにゃ――。悪く思わないでね」

カメラマンはレストランの中を駆け抜けて逃げてしまった。

娘は深々と息をついて、がっくりした様子で、肩を落とすと、奥のテーブルへ戻って行く。

「――見たか、今の子？」

と、淳一が言うと、真弓の目が険悪な光を帯びた。

「なあに？　あなた今の子に心ひかれたの？　それならそうで、こっちにも考えがあるわよ」

警視庁捜査一課の刑事である今野真弓は、仕事柄、いつも拳銃《けんじゅう》を持ち歩いている。こうして、夫と二人でフランス料理を食べに来ていても、ハンドバッグの中には拳銃が納まっているのだ。

ただ、無類のやきもちやきである真弓、夫が少しでも他の女性に目を向けると、すぐ拳銃をぶっ放しそうになるくせがある。その辺、よく承知している淳一としては、極力誤解されないように心がけている。

「そうじゃない。今のは落合《おちあい》トモ子だ」

と、淳一は言った。「地味にしてるが、やはり目立つな」

「ああ、あれが？」

と、真弓は首を伸して、「見えないわね、テーブル」

「人目を避けてるんだろ」

落合トモ子といえば、このところCFやTVドラマで大いに人気の出ているアイドル系のスターである。

「でも、落合トモ子って一九かそこらじゃなかった？　あの格好じゃ三〇よ」

「わざと地味にしてるのさ」

地味なスーツ、メガネをかけて髪もごく普通に束ねているだけ。しかし、可愛《かわい》い顔立ちまでは変えようがない。

「でも、結局、写真をとられちゃったわけか。可哀《かわい》そうにね」

「辛《つら》い商売だな、スターってのも」

淳一はワインを飲みながら言った。

すると――レストランの客の中でも、小型のカメラを持っているのがいて、ゾロゾロと奥のテーブルを覗きに行って、写真をとり始めたのだ。

「すみませんけど、やめて下さい。──プライベートな時間ですから。やめて下さい」

落合トモ子の声がするが、一向に誰もやめようとしない。

「いいじゃない、ケチ」

なんて言ってる客もいて……。

真弓が立ち上ると、

「静かに！」

と怒鳴ったので、レストランの中がシンと静まり返った。

「──当人がいやだと言ってるのを、無理に撮影するのは、肖像権の侵害です！　三つ数える間に席に戻らないと、射殺します」

真弓はバッグから拳銃をとり出した。「一つ！」

カメラを手にした客が顔を見合わせる。

「二つ！」

ワーッと先を争って席へと駆け戻る。

「──三つ」

真弓は席に戻って、「ご協力ありがとう」

と、澄まして言ったのだった。

——レストランの中は、数分すると、いつもの状態に戻った。

淳一と真弓が最後のデザートを食べていると、奥から落合トモ子が出て来た。

「ありがとうございました」

と、真弓の前に来て頭を下げる。

「いいえ。大変ね、人気者も」

と、真弓は言った。

「私は……ある程度、仕方ないと思っています。でも、連れの人は、芸能人じゃないんですから」

と、落合トモ子は言って、眉《まゆ》をくもらせた。

「さっきのカメラマン……。きっとどこかへ写真を売るんです」

「フィルム、取り上げりゃ良かったわね」

落合トモ子は、ふっと微笑《ほほえ》んで、

「刑事さん、なんですね」

「ええ。これは主人」

「やっぱり刑事さん？」

「ちょっと違うの」

まさか夫の方は泥棒だとも言えない。

「私の連れも刑事なんです」

「まあ、本当？」

「ええ。凄《すご》くおとなしい人なんで……。彼に迷惑がかかると……。あ、ここよ。今こちらにお礼を――」

真弓の手から、デザートスプーンが皿の上に落ちた。淳一も目をみはって、

「こりゃ驚いた」

と言った。「道田君じゃないか」

奥から出て来たのは、何と、真弓の部下で、若き純情青年の道田刑事だったのである。

「ふん！　何だってのよ！」

帰るなり、真弓は八つ当りを始めた。「どうせ、私みたいな年増より若い子の方がいいのよ。分ってるわよ、そんなこと！」

「突然悪酔いしてるのか？」

と、淳一が言った。「酔いの回るのが遅いんじゃないか？」

「放っといて！　誰も私なんかどうなったって、気にしやしないのよ」

真弓は口をへの字に曲げて、鼻息も荒い。淳一は苦笑いしている。——真弓の気持は、もちろん良く分っているのである。

いつも真弓にぞっこんで、真弓のためならたとえ火の中、水の中、という道田が、こともあろうに可愛いアイドルスターとデートしていた。これは自意識過剰気味の真弓にとっては、大ショックである。

「俺は大いに気にするぜ」

と、真弓の肩をやさしく抱いて、「撃ち殺されたかないからな」

「そう。——じゃ、あなたは自分の命が惜しいから、私を愛してくれるのね？」

「そうさ。もし俺が死んだら、お前だって生きちゃいないだろ？　そんなことになったら、全世界の人類にとって、大損害だからな」

こういうときは、どんなにオーバーに言っても、言いすぎということはないのである。

「そりゃまあ……」

「それに、俺が死んだら、誰とキスしたって物足りないぜ」

真弓は、クスッと笑って、

「しょってるのね……」

「当り前だ。何しろ、こんなすてきな女を女房にしてるんだからな。しょって当然だろ」

「重いでしょ」

「どうかな」

というわけで――すっかりいつもの気分になった二人は、そのままソファへ倒れ込んで……。

――約一時間後、玄関のチャイムが鳴ったときには、幸い二人ともシャワーも浴びて、部屋着に着がえていたのである。

「おい、道田君だ」

と、淳一が玄関へ行って戻って来る。

「道田君？――誰だっけ、それ？　そんな知り合い、いたかしら」

相変らず根に持っているのである。

「真弓さん……」

道田が、甲らから頭を出す亀《かめ》よろしく、おそるおそる居間を覗き込む。

「どちら様？　もう夜が遅いから、見知らぬ方とはお会いしませんの」

淳一は笑って、

「いいから入れよ。おい、もう一人、お客さんだ」

道田の後から入って来たのは、ガラッと見違えるように、白い可愛いドレスに身を包んだ、落合トモ子だった……。

「——じゃ、あなた方、親戚《しんせき》？」

思いもかけない話を聞いて、真弓は不機嫌も忘れてしまった様子だった。

「ええ、遠縁なんですけど」

と、落合トモ子は言った。「小さいころ、よく一緒に遊んでもらったんです」

「そう……。でも——似てないわね」

真弓の思いは、もっぱらその一点にあるようだった。

「それで……困ったことが起ったものですから、つい、道田さんに相談を」

「真弓さんに無断で、申し訳ありませんでした」

何も道田としては、謝る必要なんかないようなものだが。

「ま、いいわよ。以後気を付けてね」

とは、真弓もいい気なものである。

「それで……道田さんが、こちらに相談してみたら、ってすすめてくれたんです。お忙しいのに、本当に申し訳ないんですけど」

「ま、忙しいのは確かだけど、他ならぬ道田君の親戚じゃね。ともかく話してごらんなさい」

と、真弓もやけに寛大である。

「まあ、コーヒーでも飲めよ」

と、淳一がコーヒーをいれて来た。「アイドルってのも大変だろう」

「ありがとうございます」

と、トモ子は頭を下げた。「――でも、私はもう先が長くないんです」

淳一と真弓は顔を見合せた。

「というと……。どこか具合でも良くないの？」

「いえ、そういうことじゃなくて――。今、一枚の写真がある男の手にあります。それが週刊誌に売られたら、私のアイドルとしての生命はおしまいです」

トモ子は目を伏せたまま、話していた。

「というと、つまり……」

真弓には大方の察しはつく。道田が身をのり出すようにして、

「この子が高校生のとき、父親が色々問題を起したんです。それで、彼女は一時やけになって……」

「父が愛人を作ったんです」

と、トモ子は言った。「私は一人っ子で、父とはとてもうまくいっていました。それだけにショックで」

「分るわ」

と、真弓が肯《うなず》く。「男なんて、勝手なのよね」

「すぐ一般論にするな」

と、淳一が言った。「で、その写真ってのは？」

「あの……私が家を飛び出して、何日も帰らなかったことがあるんです。不良の友だちと遊び回って……。そんなとき、とった写真で」

「すると――ぐれてるってのが一目で分るような？」

と、真弓が訊《き》くと、淳一が抑えて、

「無理に訊くこともないさ」

「いいえ」

と、トモ子は首を振って、「お願いする以上は――。私が男と二人でベッドに入ってる写真です。裸の上半身と……。顔もはっきり分ります」

頬《ほお》を染めてそう言うと、息をついて、

「馬鹿なこと、したと思ってます」

「人間、誰しもあやまちはあるわ」

と、真弓が慰めた。「で、その写真が――」

「今、それを持った男が、私の所属している事務所に、写真を買いとれ、と言って来てるんです。そうしなきゃ、週刊誌に売ると」

「誰だか分ってるのかい？」

と、淳一が訊く。

「はっきりは……。どうして手に入れたのかも分りません。でも、写真のコピーを送って来たんです。一目見て、血の気がひきました」

「卑劣な奴《やつ》だわ！　射殺すべきよ」

真弓のお得意のセリフが出る。

「男は五千万円要求してます。でも、私のいる事務所は小さくて、とてもそんなお金、出せません。社長さんも血圧が上って寝込んじゃいました」

道田が、深刻な表情になって、

「昔からの知り合いだし、何とか力になってやりたいと思って……。でも、僕じゃ大したことはできません。何といっても真弓さんとご主人は色々人助けをして来られているし、お願いしたら、きっと力になって下さると……」

淳一は、ちょっと咳払《せきばら》いした。泥棒が「人助け」かどうかは、やや議論の余地があるだろう。

「もちろんよ！　私たちに任せて。決して悪いようにはしないわ。ねえ、あなた？」

感激屋の真弓は、あまり先のことを考えずに返事をするくせがある。

「まあな。しかし……お前、本業の方はいいのか？」

「だから、あなたが何とかしてあげて。ね？」

――そう来ると思ったよ。

淳一はため息をついて、自分でいれたコーヒーを飲んだのだった……。

2

野良犬が一匹、タタッと淳一の目の前を駆け抜けて行った。

淳一は、その汚れた犬が、ほとんどバラックと化した、かつての映画館の建物から飛び出して来たことに気付くと、足を止めた。

灰色の、どんよりと曇った日である。——人気《ひとけ》のない、さびれた町。

いやな予感があった。長年の泥棒稼業から来た直感だが、自分で意識はしていなくても、何か気になるものを見るか、聞くかしているのだろう。

時間は午後三時。約束の時間だ。

淳一は、トタン屋根がはがれて風にバタついている「小屋」を眺めた。映画界の人間は、映画館のことを「小屋」と呼ぶが、ここは正に「小屋」そのものだった。

犬が……。そう、あの野良犬はここから飛び出して来た。犬だって、理由もなく駆けたりしないものだ。

淳一は、足を止めると、路面にかがみ込んだ。犬の足跡を、じっと見つめる。

どうやら、こいつは……。

淳一は足早にその「小屋」の前を通り過ぎると、先へ行って、やはり今は廃屋になった古ぼけたバーの隙間《すきま》を抜けて、裏へ出た。

今どき珍しいドブ川が流れていて、やっと人一人通れる細い道が、そのへりを走っている。

淳一は、仕事の足どりになると、あの「小屋」の裏側へ出た。

映画館の椅子《いす》が、山積みになっている。そのかげに身をひそめて、しばらく様子をうかがう。じっと耳に神経を集中していると、小屋の中で、時々、ミシッ、メリッと音がした。誰かいるのだ。

いや、いても別段どうってことはない。話をしに来たのだから、誰かいたところで、不思議はないのだ。しかし——。

そのとき、小屋の表の扉をギイギイいわせる音が聞こえて来た。何だ？

突然、銃声が小屋の中から響いて来る。淳一は飛び出した。

小さなドアを思い切りけって開けると、中へ飛び込む。——表の扉が開いていて、座席をとり払ってしまった。ガランとしたコンクリートの床に白く外の明るさが広がっている。

タタタッと足音が表の通りを遠ざかって行った。淳一は、一瞬追いかけようとしたが、思い直した。たぶん相手は逃げ道を考えているだろう。

表の扉の前に、ホームレスが一人、倒れていた。

胸を撃たれて、もう息絶えている。

「可哀そうに……」

たぶん、一休みするつもりで、この扉を開け、中で待ち構えていた人間に撃たれたのだ。淳一の「身代り」というわけである。

やれやれ……。後味のよくないことだ。

問題は中だった。淳一は、改めて、ガランとした小屋の中を見回した。

大して時間はかからなかった。

薄汚れたスクリーンの隅の方、暗くかげになった所に、男が一人倒れていた。太った男で、ちゃんと背広も着ている。血だまりに足を入れないように、淳一は用心して、一応死んでいることを確かめた。

目が慣れて来ると、その血だまりから、小さな足跡がずっと表の方へ続いているのが分る。さっき飛び出して来た犬だ。

この男が殺されて、たぶん隅の方で寝ていた犬がびっくりして逃げ出した。そのときに、血だまりを通って行ったのだ。

「こいつは、少々厄介なことになりそうだ」

と、淳一は呟《つぶや》いた。

「――確かです」

青白い顔で、それでも落合トモ子はしっかりした声で言った。「これ、社長さんです」

「そう」

真弓は死体を布で覆って、「門田《かどた》っていったたっけ？」

「そうです……。でも、一体誰が――」

トモ子はそっと涙を拭《ぬぐ》った。

「犯人は見付けてあげるわよ。心配しないで」

と、例によって真弓は気安く（？）請け合った。

「よろしくお願いします」

と、トモ子が頭を下げる。

足音がして、大きなバッグをさげた女性がラフなスタイルでやって来る。

「トモ子ちゃん。もう行かないと」

「ええ……。あ、こちら、マネージャーの北谷《きたや》さんです」

「北谷和子《かずこ》です」

と、その女性は真弓に名刺を渡して、「トモ子ちゃん、これからＴＶの生番組があるんで」

「もう行っていいわよ」

と、真弓は肯いた。

「じゃ、失礼して。――トモ子ちゃん、セリフ、入ってる？」

「ええ、たぶん……」

二人が足早に行ってしまうと、どこにいたのか、淳一がやって来る。

「あら、あなた」

「死体置場ってのは、どうも好きになれないね。――何か分ったか？」

「拳銃は未登録。手がかりは今のところなし。こっちの事件になっちゃったわね」

「門田といったな、あの社長」

「ええ。――犯人と取り引きするつもりだったのかしら？」

「俺が代りに行くと分ってたのに、か？　そうじゃない。それに犯人が門田を殺すわけないだろ。それじゃ、金がとれない」

「そうか。じゃ、一体どうして門田はあそこにいたの？」

「そいつはこれから調べりゃいい」

と、淳一は気楽に言って、「気の毒なのは、巻き添えを食ったホームレスさ」

「そうね。身許《みもと》も何も分んないんだから」

——淳一は、五千万円を要求して来た犯人と、あの閉めた映画館で会うことになっていたのだ。ところがそこで見付けたのは、落合トモ子の事務所の社長、門田の死体。

「これからどうするの？」

「うん。——ちょっとTV局を見学しに行く」

「TV局？　公開番組か何か？」

「落合トモ子が出ると言ってたろ？　そこに誰か現われるんじゃないかと思ってるんだ」

真弓は、ジロッと夫をにらんで、

「そんなこと言って、あの子に気があるんじゃないの？」

「じゃ、一緒に来るか？」

「そうね。これも任務ですもんね」

と、真弓は大真面目《おおまじめ》に肯いた。


「——あの子の両親のことは、何か分ったかい？」

TV局のスタジオの隅で、淳一は真弓に訊いた。

「両親？　ああ、そうね。——道田君が調べて来たわ。父親は落合治男《はるお》。母親は由香《ゆか》利《り》。父親は、例の愛人を作った一件以来、おかしくなって、会社も辞めてしまったみたい。家も売り払って――トモ子は今、マンション住いだけど、父親の方は住所不定ってことよ。今、捜してる。母親の由香利の方は、実家へ帰ってるって」

「なるほど。落合治男は、流浪の身、ってわけか」

「ね、もしかして――」

と、真弓がハッとして、「あのホームレスが?」

「いや、それはないさ。あのホームレス、どう見ても六〇過ぎだった。落合は五〇代だろ」

「確か五二、三よ」

と、真弓が答えると、スタジオの中がざわついた。

スターたちが入って来たのだ。スタジオ内には、一般客の席が設けられていて、高校生ぐらいの女の子たちが八割くらいを占めている。お目当てのスターにキャーキャー声を上げて、手を叩《たた》く。

スターたちの中で、落合トモ子は目立っていた。上り調子にあるスターは、独特の輝きを持っているものだ。

「へえ、あの女優、意外に背が低いのね。――あ、足が短い」

真弓が面白がって批評していると、淳一が軽くつついた。「何よ?」

「あの一般客の席を見ろよ。一番端の方に座ってる男」

「——コートを着た人?　何だか暗い感じじゃない。好みじゃないわね」

「誰もそんなこと訊いちゃいない。横顔、誰かに似てないか?」

「そうね……。あなたと似てるわ」

淳一は首を振って、

「賭《か》けてもいい。ありゃ、落合トモ子の父親だぜ」

「まさか!」

——局のスタッフらしい男が、そのコートの男の方へと歩いて行くと、何か言っている。

「出てってくれ、って言われたみたいね。ま、確かに場違いだけど」

コートの男は、別に抗議するでもなく、立ち上って、スタジオの出口の方へ歩いて行く。

「ちょっと話してみるか」

と、淳一は真弓を促して、その男の後を追った。

廊下へ出て、どっちへ行ったらいいのかとキョロキョロしていた男へ、淳一は声をかけた。

「失礼」

「はあ？」

「落合トモ子のお父さんですね」

男は、ギクリとした様子で、

「いや――人違いです。私は別に――」

「ご心配なく、記者じゃありませんわ」

真弓は警察手帳を見せた。「ちょっとお話を」

「はあ……」

男は、不安げに肯いたのだった。

――人気のないロビーで、落合治男は、真弓の説明に青くなった。

「じゃ、あの子が脅迫されているんですか？　何てことだ！」

「しかも、単純な金目当てのことじゃないようでしてね」

と、淳一は言った。「もう二人も人が殺されている。何かご存知のことがないかと思いましてね」

「私は……。トモ子がお話ししたでしょう。お恥ずかしいことですが、女のことで、身を滅ぼしてしまいました」

　確かに、五二歳にしては、髪も白く、疲れて老け込んでいる。

「トモ子さんを恨んでいる人間に、心当りは？」

「さあ……。あの子も家出したりして、私の手の届かない所へ行ってしまいましたからね」

　と、落合治男は寂しげに言った。

「門田という社長とは？」

「ああ、知っています。あの子が芸能界に入るとき、一度会ったことがありますよ」

　落合は、門田が殺されたと知って、唖然《あぜん》とした様子だった。

「何てことだ……。一体誰が――」

　すると、そこへ、

「落合さんじゃありませんか」

　と、やって来たのは、三〇代半ばという感じの、スマートな男だった。

「ああ……。確か――」

「伊東《いとう》です。いや、お久しぶりです」

　と、いかにもそつのない笑顔で挨拶《あいさつ》した。

伊東は、門田の下で働いていたということで、真弓にも、馬鹿ていねいに頭を下げた。

「いや、社長があんなことになって……。途方にくれてます。もともと小さな事務所ですし」

「落合トモ子が、もしだめになったら？」

「写真のことですね。——あの子が消えたら、こっちも消える、ってところですね」

と、伊東は首を振った。「五千万円なんて金、社長がいなくちゃ、ますます工面できっこありませんし——。北谷君、どうした？」

廊下を、あのマネージャーの北谷和子が青くなって駆けて来る。

「伊東さん！　トモ子ちゃんが——」

「どうした？　スタジオだろ？」

「スタジオで——ライトがトモ子ちゃんの上に落ちて来て」

「何だって？」

誰もが一斉に駆け出した。もちろん、スタジオへ飛び込んだのは、淳一がトップだった。

——トモ子は、二、三人のスタッフに支えられるようにして、手近な椅子に座るところだった。スタジオの床に、重そうなライトが落ちて砕け、ガラスの破片が相当に遠くまで飛び散っている。

しかし、ともかく落合トモ子は無事だったようだ。

「近寄らないで！　危ないからね！」

と、スタッフが急いでガラスの破片を拾って集めている。

スタジオの中は、重苦しく静まり返っていた。見物していた若い子たちも、とんでもない出来事に呆然《ぼうぜん》としている様子だ。

「――良かった！　大丈夫だったのか」

落合治男が、トモ子を見て、胸に手を当て、息をついた。

その声が、トモ子の耳にも入ったらしい。

「ちょっと……」

と、スタッフをどけて立ち上ると、じっと落合を見つめる。

「あ、あの――私は失礼しますから」

と、落合がスタジオから出て行こうとする。

「お父さん！」

と、トモ子の呼ぶ声が、スタジオの中に響きわたった。

え？——スタジオの中の視線が一斉に落合の方へ向く。

落合は足を止め、ゆっくりと娘の方を振り返った。

トモ子が、壊れたライトや破片などまるで目に入らない様子で、スタジオを横切り、父親の方へと足早にやって来た。

「トモ子——」

落合が、娘と目を合わせるのを避けるように、目を伏せる。

「どこにいたの？」

トモ子の声は、穏やかだった。

「うん……。あちこちだ」

「連絡もくれないなんて！」

「ああ……。しかし、連絡したら、却《かえ》ってお前に迷惑かと思ったんだ」

そう言ってから、落合はトモ子の腕に、小さな切り傷を見付け、「けがしてるじゃないか！　早く手当てしないと」

「その前に、することがあるわ」

トモ子は、そう言うと父親に抱きついた。戸惑ったように手を宙に浮かしていた落合も、やがてこわごわ、壊れものを持つような手つきで、トモ子を抱きしめたのだ。

スタジオの中は、しばらく沈黙していたが、やがて誰かが拍手し始めると、たちまちそれは波のように広がって、スタジオ内の、決して狭いとは言えない空間は、拍手の響きで埋ったのだった……。

「でも、まあ良かったじゃないの」

と、真弓はTV局のロビーで、トモ子たちの出て来るのを待ちながら、言った。

「少々、お涙ちょうだい風ではあったけどね」

淳一は、笑いをかみ殺している。——真弓は感激屋で、さっきの「父娘対面」を見ていて、涙ぐんでいたことを、ちゃんと知っているからである。

真弓は照れてこんなことを言っているのだ。

「いや、本当にすばらしい場面でした」

と、グスグス泣いているのは——部下も似て来るのかもしれない——道田刑事だった。

ちょうど、あの場面がくりひろげられているときに、スタジオへ入って来て、一人、泣いていたらしい。

「——しかし、状況はいいとは言えないぜ」

と、淳一は言った。「あの落ちて来たライトが、事故だったのかどうか」

「でも、写真を種に脅迫するのと、殺そうとするのじゃ、大違いね」

「そこだ。もし、門田を殺したのと同じ犯人なら、なぜトモ子を殺そうとしたのか、ってことだな」

「あ、どうも」

と、やって来たのは、伊東である。

「どう、トモ子さんの様子は？」

「ええ、けがは大したことないようです。それに、ショックだったろうと思うんですが、番組はちゃんとこなしましたからね。立派なもんです」

伊東は、空いた椅子にかけると、「――これで、トモ子も株を上げましたよ」

「お父さんは？」

「今、駆けつけたマスコミの取材攻勢にあっています。いい機会ですよ。美談になりますしね」

「じゃ、例の写真のことは？」

伊東は、ちょっと表情を曇らせて、声をひそめると、

「実は――ここだけの話なんですが、トモ子の移籍の話が出ていましてね」

「他の事務所へ?」

「そうです。そこの社長は割と力のある人なんで、移籍を条件に、五千万を負担してもらえないかと」

「あのね」

と、真弓は言った。「刑事相手に、『ここだけの話』は通用しないのよ」

「あ、いけね」

と、伊東が頭をかく。

何となく憎めない男で、真弓も淳一も笑い出してしまった。

そこへ、何だか廊下が騒がしくなった、と思うと……。

「伊東さん!」

と、北谷和子が走って来た。

「どうした?　また何かあったのか?」

「いえ、凄いんです。取材の人に囲まれちゃって、トモ子ちゃん。何とかしないと」

「何だって?　参ったな、こんなに素早く――」

真弓が、伊東の腕をつつくと、

「いい考えがあるわよ」

と、言った……。

——落合治男とトモ子は、報道陣に完全に囲まれて、出るに出られなかった。カメラのレンズが、数え切れないくらい二人を狙《ねら》ってひしめいている。

何人もが同時に色んな質問をするので、二人とも何を答えていいのか分らない様子で、立ち往生していた。

そのとき、

「みなさん！」

と、伊東の大声に、一瞬、誰もが口をつぐんだ。

「——みなさん！　こちらに、トモ子の恋人が待っています！　もしコメントをご希望でしたら——」

人垣がアッという間に崩れて、人々は、伊東の方へと殺到して行った。

ポカンとして突っ立っていたトモ子と落合の方へやって来たのは、真弓と淳一だった。

「さ、今の内に、出ましょ」

「あの……今、伊東さんが……」

「道田君が、みんなの質問にていねいに答えてくれるはずよ」

と、真弓は言った。「心配しないで。これも仕事の内」

捜査一課の課長も、そう思ってくれるといいがね、と淳一は内心、苦笑いしたのだった……。

3

「どうして、スターとの交際を打ちあけるのが、刑事の職務なんだ！」

バン、と机を叩いて、課長は怒鳴った。「捜査一課に、そんな暇な刑事がいるのか、と散々よその課長にからかわれたぞ！」

真弓は、一向に応えた様子もなく、

「言いたい人にゃ、言わせときゃいいんですよ」

と、軽くいなした。「自分がもてないもんだから、妬《や》いてんですね」

課長は何か言いかけたが、諦《あきら》めたように、ため息をつき、

「ともかく——早く犯人を挙げてくれ」

「はい。課長」

「何だ？」

「昨夜の、落合トモ子めがけてライトが落下して来た事件も、もしかすると殺人未遂かもしれないんです」

「何だと？　そんな話は聞いとらんぞ」

「ですから……。もし、そんなことが公になれば、犯人は用心して手を出して来なくなるでしょ？　そのために、道田君を彼女の恋人に仕立てて、身辺を守らせることにしたんです」

「ふむ……」

課長は半信半疑の様子だったが、「まあ、それなら仕方あるまい。しかし、あんまり恋人だからといって、目立つことはするなと言えよ」

「はい！」

真弓は、いつもの調子で、課長をうまく丸め込んでしまうと、さっさと捜査一課を出た。

外の車で、もう道田が待っている。

「——課長、何か言ってましたか」

と、道田は不安げに訊いた。

「ええ。せいぜい頑張れって」

「はあ……。でも、僕としては辛いです。真弓さんの前で、あの子の恋人の如《ごと》く、ふるまわなきゃいけない……」

「いいじゃない。結構お似合いよ」

「そうでしょうか」

「ともかく、出かけるわよ」

真弓は、ポンと道田の肩を叩いた。


インタホンからは、しばらく返事がなかった。

淳一は待っていた。中にいることが、分っていたからだ。

——大分長いこと待って、カーテンを引いた窓の隅に、チラッと人影の動くのが、淳一の目に入る。やっと出る気になったとみえた。

「どなたですか……」

と、囁《ささや》くような声が答えて来る。

「落合由香利さんですね」

と、淳一は言った。「ちょっとお話ししたいんですが」

「あの——私は留守番ですので、よく分りません」

「記者ではありません」

と、淳一は言った。「トモ子さんの身を守るために働いています。ぜひ、おうかがいしたいことがあるんです」

しばらく、間があって、

「どうぞ……」

カチリ、とロックの外れる音がした。

——ごく当り前の住宅。居間は少し手狭でごたごたしていた。

「留守ってことになっているものですから」

と、由香利はカーテンを引いた、薄暗い居間で、言った。

「トモ子さんと似てらっしゃる」

と、淳一は言った。

「そうでしょうか。——主人の方がよく似てると、昔から友だちには言われて来ました」

実際、トモ子をもっと不健康な感じにして老けさせたら、この母親そっくりだろう、と淳一は思った。

「あの……トモ子は大丈夫なんでしょうか?」

「事故のことを――」

「TVで見ていました。心臓が止るかと思いましたわ。びっくりして……。でも、TVはすぐ中継を打ち切ってしまったので」

なるほど。すると由香利は、あの後、何が起ったか、知らないのだ。

「腕にほんの少し、かすり傷を。大したことはありません」

「そうでしたか。物騒ですわね。一歩間違えば、大けがを……」

「いや、命がなかったでしょう。まともに落ちたライトが当っていたら」

「原因は分りましたの？」

と、由香利は訊いた。

「いや、もちろん、止め金具が緩《ゆる》んでいたのでしょう。しかし、たまたま緩んでいたのか、それともわざと緩めたのか、不明です」

由香利は目を見開いた。

「誰かがトモ子を殺そうとした、と？」

「あの後、ご主人が――落合治男さんが、スタジオに現われたんです」

由香利の顔がサッと青ざめ、同時にこわばった。ギュッと固く両手を握り合せ、

「じゃ――主人が――トモ子はどうしまして？」

淳一は、黙って、上衣のポケットにねじ込んでいたスポーツ新聞を取り出すと、芸能のページを開き、由香利の前に置いた。

ど真ん中に、しっかり抱き合っている父と娘の写真がのっている。大方、スタジオにいた一般客の誰かがとって、新聞社に売ったのだろう。

由香利は、しばらくの間、じっと食い入るように、その写真と記事を見つめていたが、やがてふっと力を抜いて、

「そうだったんですか……」

と、肯いた。「トモ子が喜んでいたのなら、私がとやかく言うことはありません」

淳一は、少し間を置いてから、言った。

「ご主人に会いたいとは思われませんか」

「いいえ」

と、由香利は即座に否定した。「もうあの人には未練も何もありません」

「しかし、娘さんには？」

「トモ子のことは、もちろん可愛いですわ。会おうと思えば、いつでも会いに行けますし」

由香利の顔に、やっと微笑が浮んだ。

「でも、主人は別です。トモ子が主人を許しても、私は許しません」

話し方は穏やかだが、言葉はきっぱりとして、鋭い。

「分りました。――トモ子さんのことは、有能な刑事が守っていますから、ご心配には及びませんよ」

淳一は立ち上って、「お邪魔しました」

と、玄関の方へ行きかけて――。

「もう一つ、うかがいたいんですがね」

「何でしょう?」

「ご主人は愛人を作って、その結果、会社も辞められたわけですね」

「そうです」

「ご主人の愛人だった女性に会ってみたいのですが、何という名でしたか」

由香利の顔が、仮面のような無表情に覆われた。

「それは知りません。主人の愛人のことなど、知りたいとも思いませんでしたから」

「――なるほど」

淳一は、軽く会釈すると、「では、失礼します」

と、足早にその「留守宅」を立ち去った……。

「何だって？」

と、淳一は言った。

「五千万の要求よ。また来たっていうのよ。今度こそ逃さない！」

真弓は腕をさすって、待ち切れない、といった様子。

「落ちつけ」

と、淳一は食事をしながら言った。

今夜は珍しく家で夕食をとっている。――何といっても、刑事と泥棒では、「普通の生活」をするのはむずかしいのである。

「犯人は、トモ子の写真を持っている。しかし同時に、門田を殺し、さらに金を持って来たかもしれない男まで、殺そうとしたんだ」

「うん」

「おかしいと思わないか。結果から見ると、犯人の狙いは、金を持って来るはずの人物を殺すことにあったみたいに見える」

「それはそうね」

「しかも、また、金の請求が来た。――今度はどうやって連絡して来たんだ？」

「電話だそうよ。落合トモ子の事務所の留守番電話に吹き込んであったの」

「なるほど。前のときは、手紙だったろ？」

「そう。写真のコピーとね。あの子が捨てちゃったってのが残念ね」

と、真弓は言ってから、「――あなた」

「何だ？」

「もう一杯、ご飯食べる？」

「もらうよ」

――夫婦にとっては事件も大事だが、夕食も大切なのである。

「ね、もしかしたら、前のと今度のと、別の人間が金を請求して来てるのかしら？」

「たぶん、当りだな」

と、淳一は肯いた。「写真が一枚でないか、それとも別の人間の手に渡ったか。――本当は写真がないのに、金だけふんだくろうって、とんでもない奴がいるのか……」

「そうね。――写真ってのは、厄介ね。いくらでもコピーがとれるんだから。ネガをとり戻したとしても、それですむとは限らないんですものね」

「しかし……」

と、淳一は考え込んだ。

そこへチャイムが鳴って、真弓が出て行ったが、すぐに戻って来た。

「客か？」

「ええ」

と、真弓はまた食べ出した。

「――いいのか、放っといて」

「食事中だから、一時間したらまた来い、って言ってやったの」

と、真弓は言った。「夫婦水入らずの時間って、大切なのよ」

一時間してやって来た「客」は、トモ子の事務所の伊東だった。

「どうもお邪魔をしまして」

と、恐縮している。

「で、ご用は？」

と、真弓は言った。

「はあ。トモ子の移籍の話がうまく行きそうなんです」

「じゃあ……」

「向うの社長と話をしまして、一応、五千万を出してもらうということに……。いえ、もちろん、そちらで取り戻して下さると信じてます。しかし、一旦《いったん》、写真をこっちで手に入れないことには」

「で、誰が持って行くんだい？」

と、淳一が訊いた。

「マネージャーの北谷君です。しっかりした女性ですからね」

「なるほど。――しかし、落合トモ子が事務所を移って、君たちはどうなるんだ？」

「私と北谷君は、今度の事務所でも、トモ子の担当を任されることになっています。何といっても、トモ子のことはよく分ってますので」

「なるほど。それは良かった」

「ええ。――これで、うまく写真をとり戻せれば、言うことないんですが」

淳一は、お茶を一口飲んで、

「君は、その写真を見たことがあるのかい？」

と、訊いた。

「いいえ。――トモ子が焼いちまったんですよ、送られて来たコピーは」

「それは知ってるが……。すると、見た人間は誰もいないのか」

「トモ子以外に、ってことですね。たぶん……北谷君は見てるんじゃないかな。何しろ、いつもトモ子にぴったりくっついてますから」

淳一は黙って肯いただけだった。

「――で、いつお金を持って行くの？」

と、真弓が訊いた。

「明日の夜です。真夜中、十二時ちょうどに、地下鉄の駅の連絡通路で、ということになってます」

「十二時ね。――いい時間だわ」

と、真弓は言った。

4

北谷和子は、タクシーを降りた。

「和子さん」

トモ子が一緒に降りて、不安げに、北谷和子の腕をつかむ。「危いわ。やめた方がいいわよ」

「心配しないで」

と、和子は笑って見せた。「もちろん――怖いわよ。でも、もし私が死んでも、トモ子ちゃんが死ぬのに比べりゃ――」

「やめて」

と、トモ子は腹を立てたように遮った。「ね、お願い、刑事さんに任せましょうよ」

「大丈夫って。私が丈夫なの、知ってるでしょ」

和子は、片手にさげたバッグを、ちょっと持ち上げて見せて、「ここに五千万円も入ってると思うと、何でも来いって気になっちゃう」

と、笑った。

「じゃあ……。気を付けて」

「うん。――トモ子ちゃん、ここにじっとして待ってなきゃだめよ」

「うん」

と、トモ子は肯いた……。

――十二時にあと五分。

北谷和子は、地下道へ入る階段を下りて行った。

口では平気なようなことを言ったが、もちろん怖いのである。階段の途中に、ホームレスが寝ていたが、それも犯人の変装かもしれないという気がして、じっと見つめてしまった。

ともかく――この地下道を歩いて行くのだ。

もう、地下鉄は終電も近い。連絡の地下道は、ずっと長く続いて、人の姿はほとんどなかった。

コツコツ、と自分の足音だけが、地下道の中に反響した。

バッグを持ち直すと、和子は、ちょっと足を止めて、息をついた。汗が、背中を伝い落ちて行く。

地下のこの連絡通路は、かなり幅がある。朝夕、ラッシュアワーには、相当な人間で埋まるのだろう。

真中に太い柱がズラッと並んでいて、左右を分けていた。――どっちを歩いてもいいようなものだが、〈左側通行〉という札があって、和子はつい左側を歩いているのだった。

ともかく、歩いて行くしかない。それが犯人の指示なのだから。

一定の足どりで、通路を半分近く来たときだろうか。突然、背後に人の気配を感じた。

柱のかげに潜んでいたのだ。

足を止める。

「振り向くな」

と、くぐもった男の声が言った。

和子は、黙って肯いた。膝《ひざ》が震えている。

「鞄《かばん》を置け」

と、その声は言った。「足もとに……。そうだ、そっと置け」

バッグを置いて、和子は体を起こした。

こめかみを汗が伝う。

「そのまま歩いて行け」

と、男が言った。「いいか。向うの階段から外へ出るんだ。そこまで振り向くんじゃないぞ」

和子は、歩き出した。――膝が震えて、頼りない足どりだったが、歩き出した。

「そのまま……。ずっと行くんだ」

男が言った。そして――銃声が、通路の中に響いた。和子が、バタッとうつ伏せに倒れる。

男はバッグをつかむと、素早く駆け出した。

銃声……。あれ、銃声かしら？

トモ子の耳にも、その音は届いていた。

地下通路へ下りる階段の所まで来ていたからだ。トモ子は、階段を下りてみた。

動くな、と言われてはいるが、和子の身が心配だ。

真直《まっす》ぐな通路。――そのずっと先に、何か黒いものが……。人が倒れているのか？

もしかして……。まさか！　でも……。

トモ子は歩き出し、すぐに駆け出していた。

「和子さん！」

和子だ。うつ伏せに倒れている。あれはやっぱり銃声で――。

「和子さん！」

駆け寄って、和子の体に手をかけると――和子が、ゆっくりと起き上った。

「和子さん！　良かった！」

「ああ痛かった」

と、和子が背中に手をやって、「防弾チョッキ、着てたけど、結構痛いのね」

「撃たれたの？」

「そう。背中で良かった。頭を撃たれてたら、死んでるもんね」

「危なかったわね！　さ、早く行きましょ」

和子は立ち上ると、

「でも——トモ子ちゃん」

と言った。「写真は戻ってないわよ」

トモ子の顔が、曇った。

「いいわ。——仕方ない。もし、あれが公表されたら……。どこか、山奥にでも行って、ひっそり暮らすわ」

和子は、トモ子の肩をそっと抱くと、

「あんたのせいじゃないのにね」

と、言った。「可哀そうなトモ子……」

「いいえ」

トモ子は首を振った。「私だけじゃない。あの人も可哀そうだわ……」

二人は、それきり黙って、地下通路を歩き出した。

マンションの廊下に足音が響いて、すぐに鍵をあける音。

暗い居間のドアが開いて、カチッと音をたて、明りが点《つ》いた。

入って来た落合治男は、コートを脱いでソファへ放り投げた。そして疲れたようにドサッとソファの一つに身を沈めたが……。

その向い側に、由香利が座っていたのである。

「——由香利か」

落合は、夢でも見ているのかと疑うように、しばらくぼんやりと見つめてから、言った。

「久しぶりね」

と、由香利は言った。

コートを着たままで、両手はポケットに突っ込んでいる。

「どうやって、入った?」

「トモ子の母よ。入れてくれるわ」

落合は、探るように妻を見て、

「何か用事で来たのか」

と、言った。

「母親が娘のマンションに来ちゃいけないの？」

「そうじゃない。しかし――」

「どこへ行ってたの？」

落合は肩をすくめた。

「夜食ってとこかな。何しろトモ子に付合ってると、食事の時間も、めちゃくちゃだよ」

と、苦笑する。

「トモ子は出かけてるのね」

「そうらしいな。いちいちスケジュールは聞いてないが」

「じゃ、トモ子が戻る前に、ここを出て行って」

と、由香利は言った。

「おい――」

「二度と、トモ子の前に現われないで」

「待ってくれ」

「いいえ！」

由香利は、激しい口調になった。「待てないわ。出て行かないのなら、私があのべランダから突き落としてやる」

「落ちつけよ」

と、落合は息をついて、「――トモ子もここに住んでいい、と言ったんだぞ」

「あの子は、あなたに同情してるのよ」

と、由香利は言った。「やさしい子だから。でも、あなたがそれに甘えていいってことにはならないわ」

「俺は――」

「変った？　それが本当なら、あなたはここにいないはずよ」

落合は、ネクタイをゆるめて、むしり取るようにして外した。

「邪魔しないでくれ！」

と、声に苛立《いらだ》ちが現われる。「せっかく、トモ子と二人で、うまくやってるんだ」

「本音が出たわね。――あなただって、知ってたでしょう。私が本当のことに気付いてたってこと」

「本当のこと？」

「そう。あなたの『愛人』の話よ。どこだかに囲ってるって女。――私も、初めは真に受けて、捜したわ。でも、見付からなかった。当然よね。そんな女、いなかったんだもの」

「何を言ってるんだ」

「あなたは、本当のことを隠すために、〈幻の愛人〉をでっち上げたんだわ。――何て人なの！」

落合は固い表情で、そっと、投げ出したコートの方へと手を伸した。

「トモ子がどんなに苦しんでいたか、あなた、少しでも考えたことがある？　父親と恋人同士になるなんて、許されることじゃない、って、分っていたのよ」

落合は、そっとコートを引張り寄せた。手がそのポケットを探る。

「出て行く？　それとも、自殺するのなら、手伝うわ」

「馬鹿言うな」

落合は、立ち上った。拳銃を手にしている。

由香利はびっくりした様子も見せない。

「私を撃つ？　何て言いわけするつもりなの？」

「何とでも。――このマンションにいなかった、ってことにするさ。お前が勝手に入って、俺が帰ったときはもう殺されていた」

「そんな話が通用すると思うの？」

落合が引金を引く。——カチッ、と音がしただけだった。顔から血の気がひく。

「畜生！　まだ弾丸が入ってたのに！」

拳銃を投げ捨てると、落合は、由香利へと飛びかかった。

しかし——由香利の首に手がかかるより早く、他の手が落合の足を払い、転倒させていた。

「いけませんな」

と、淳一は言った。「トモ子さんには、母親が必要だ」

落合が起き上った。そして淳一と——ドアの所に立っている真弓を見た。

「ソファの後ろに隠れてたんでね」

と、淳一は左手を開いて見せた。「コートの拳銃からこれを抜いといたよ」

手に、弾丸が二発、のっていた。

落合は、ぼんやりとそれを見つめていたが、やがて、かすれた声で笑い出し、そしてそれは泣き声に変って行った……。

「真弓さん」

と、道田が入って来た。「逮捕しましたよ、伊東を」

「そう。ご苦労様」

と、真弓は肯いて、「この人を連行してちょうだい」

道田に促されて立ち上ると、落合は妻の方を見て、

「トモ子を頼むよ」

と、言った。「あの子は……」

「大丈夫よ。トモ子はしっかりしてるわ」

と、由香利は言った。

「そう。……そうだな」

落合は何度も肯きながら、道田に腕をとられて、出て行った……。

「写真は見付かったのか」

と、淳一が訊いた。

「ええ。伊東の借りてた貸金庫に入ってたわ」

真弓は、居間のソファで手足を伸した。「――トモ子が父親に抱かれてるところ。あの男、ぶん殴ってやりたい！」

「で、どうなる？」

「写真の内容は、もちろん公表しないわ。たぶん、その内、忘れられるでしょ」

「だといいな」

淳一は肯いて、「当の、落合トモ子も、忘れてしまえるといいんだが」

「大丈夫よ、きっと。忙しさに紛れて、忘れて行くでしょ」

「移籍をめぐるトラブルってことにしておいた方が、話題がうまくそれるかもしれないな」

「そうね。——もともと、伊東がトモ子を連れて他の事務所へ移ろうと考えてたのよ。そこへ、問題の写真が手に入った。金になる、と思ったけど、マスコミに出したら、トモ子が消えちゃう。そこで、金をゆすりとることを考えたのよ」

「といって、トモ子も門田も、大して金を持ってない。そこで、新しい事務所の社長から引き出そうと思い付く。そのためには、門田も邪魔だった」

「伊東は、落合を見付け出して、門田がトモ子に手を出してる、って吹き込んだのよ。で、落合は、伊東にもらった拳銃で門田を呼び出して殺した」

「伊東は、落合を言うなりに動かしてたんだな。トモ子と一緒に暮らせるようにしてやる、と言って」

「そう。スタジオの事故をわざと起こして、うまく落合とトモ子の再会シーンを演出したのね。伊東は、北谷和子も殺そうとした」

「うすうす気付いてたんだろう、北谷和子は」

「そう。写真のコピーも見てたから、落合も彼女を殺そうと思ったのよ」

「ひどい奴だ。――防弾チョッキが役に立って良かった」

「本当ね」

真弓は肯いて、「――ねえ、あなた」

「何だ？」

「落合が持って帰った五千万円入りのバッグ拾わなかった？」

「バッグ？」

「ええ。いくら捜しても、見当らないの」

「ふーん。落合がどこかに忘れて来たんじゃないのか」

と、淳一はとぼけた。

「そうかもね」

「困ってるのかい？」

「そりゃまあ……。でも、新しい事務所でトモ子が大いに稼ぐでしょ」

と、真弓は笑って、「あなたほどじゃなくてもね」

「泥棒の稼ぎなんて、大したことないさ」

淳一は、真面目な顔で言った。「ときに、道田君はどうした？」

「大変よ。すっかり〈時の人〉」

「どうして？」

「マスコミは本気で、トモ子の恋人だと思ってるもん。課長がね、頭痛で昨日から休んでいるの」

そりゃきっと、道田だけのせいじゃないだろう、と淳一は思ったが、口には出さなかった。

何といっても、夫婦円満が第一だからな、と淳一は新聞を閉じて、真弓の方へニッコリ笑いかけたのだった……。

本書は１９９５年９月徳間文庫として刊行されたものの新装版です。なお、本作品はフィクションであり実在の個人・団体などとは一切関係がありません。

徳間文庫

夫は泥棒、妻は刑事 8

泥棒《どろぼう》は眠《ねむ》れない

〈新装版〉

2012年12月15日 初刷

著者 赤《あか》川《がわ》次《じ》郎《ろう》

発行者 岩渕徹

東京都港区芝大門二−二−二 〒105−8055

発行所 株式会社 徳間書店

電話 編集〇三(五四〇三)四三四九 販売〇四八(四五一)五九六〇

振替 〇〇一四〇−〇−四四三九二

印刷 凸版印刷株式会社

製本 東京美術紙工協業組合

ISBN978-4-19-893630-3 (乱丁、落丁本はお取りかえいたします)